O BIBLIOTECÁRIO DO IMPERADOR

MARCO LUCCHESI

O BIBLIOTECÁRIO DO IMPERADOR

BIBLIOTECA AZUL

Texto fixado conforme as regras do novo Acordo Ortográfico da Língua Portuguesa (Decreto Legislativo nº 54, de 1995).

Editor responsável: Ana Lima Cecilio
Editores assistentes: Erika Nogueira Vieira e Juliana de Araujo Rodrigues
Capa: Victor Burton
Diagramação: Jussara Fino
Tratamento de imagens: Adriana Bertolla

1ª edição, 2013

CIP-BRASIL. CATALOGAÇÃO NA PUBLICAÇÃO
SINDICATO NACIONAL DOS EDITORES DE LIVROS, RJ

L969b
Lucchesi, Marco, 1963-
O bibliotecário do Imperador/Marco Lucchesi.
1. ed. – São Paulo: Globo, 2013.
112 p.; 21 cm.

ISBN 978-85-250-5531-6

1. Bibliotecas. 2. Romance brasileiro. I. Título.

13-03775 CDD: 869.93
CDU: 821.134.3(81)-3

Direitos de edição em língua portuguesa para o Brasil adquiridos por
Editora Globo S. A.
Av. Jaguaré, 1485
São Paulo-SP 05346-902
www.globolivros.com.br

A Sauro e Giusi Lunardini pelas noites de Massarosa

Um processo de suposições, de associações, do que está para nascer, um embrião. E este obscuro quebra-cabeça só poderá exigir uma ideia ordenadora.

Witold Gombrowicz

Ex-Libris

1

PREFÁCIO DO REVISOR

CONFESSO QUE DE LITERATURA MODERNA ENTENDO MUITO POUCO e, pelo que tenho visto ultimamente, quero entender cada vez menos.

Já não suporto corrigir livros sem foco, em mil pedaços e com manual de instrução, para não ferir a suscetibilidade dos autores. Recebo jogos literários, romances incompletos, que não apenas não formam a imagem de velhos quebra-cabeças, com esplêndidos castelos e catedrais, como sequer trazem as peças prometidas.

Este livro sofre os mesmos sintomas e se apoia sobre o mesmo terreno, incerto e movediço, com excessiva intimidade da história com a ficção. Quando se diluem os limites que as separam, perde-se a inteligência do processo.

O truque do autor consiste em criar espaços que não se fecham e mal se relacionam. Deixa tudo pela metade, e ri-se do trabalho do leitor, este sim, paciente e laborioso, fazendo o que caberia à narrativa, abrir caminhos e atalhos que levem a uma clareira.

Tudo não passa de estratégia. Após algum esforço em desenhar o caminho, descobre-se que o livro, que antes parecia um rio caudaloso, não passa de um logro, de um simples riacho, quase sem água. Tentei preveni-lo, mas sua vaidade não permitiu sequer uma troca de palavras.

O autor não entende quase nada sobre muita coisa. E ama citações, gosta de mostrar que leu, fingindo ser escravo da história da República e do Império, quando não passa de um escravo da vaidade, para a qual infelizmente não existe Lei Áurea.

Mas se tratasse, pelo menos, de pessoas notáveis, que frequentaram os grandes salões de outrora e influíram nos destinos do país... Seus personagens são de segundo e terceiro escalão, sem brilho, sem interesse, em torno dos quais giram alguns nomes fortes, como é o caso de dom Pedro II, ou do visconde de Ouro Preto.

Não espere um percurso homogêneo e pontual, como o de um bom romance histórico. Parecerá um leilão de roupas velhas e puídas, onde os conceitos de biblioteca e livraria mal se distinguem entre si.

Não entendo o que realmente pretende fazer. Um livro de história? Uma aventura policial, em torno da morte do protagonista? Confunde apenas as estratégias.

Sinto saudade dos escritores antigos, dos que sabiam tecer uma narrativa densa e ao mesmo tempo ágil.

2

Ao Sr. Adriano Ferreira
Largo de Santa Rita, 210
Rio de Janeiro, 12 de maio de 1890
3h da manhã

Não custa imaginar a satisfação que esta carta produzirá num espírito indigente e corrompido como o seu. Não tanto a carta, mas as circunstâncias que me levaram a escrevê-la e a decisão eminente que acabo de tomar.

Que fim de século espantoso: cheio de infames, capazes de manchar a mais sólida reputação!

Há de bastar-me um gesto rápido e discreto, sem chance de aparte.

Como o senhor desconhece o que seja elevação de vistas, enfiado até o pescoço em labores corsários, poderá parecer-lhe que saio do episódio vencido.

Mas, por favor, não se precipite. Os louros que lhe cabem são parciais.

Quem poderá assacar-me a pecha de covarde ou ladrão?

Estou certo de que o espírito sutil do Imperador não sofrerá dúvidas acerca das calúnias fabricadas contra mim nas mesas da Colombo. Quem nunca deixou de pôr timbre em servir a verdade, saberá compreender-me à perfeição.

Escrevo depressa e deixo rastros de tinta. Não me preocupo. As manchas combinam com o caráter do destinatário.

Espero um dia poder encará-lo de frente.

Só então saberemos qual de nós dois realmente venceu.

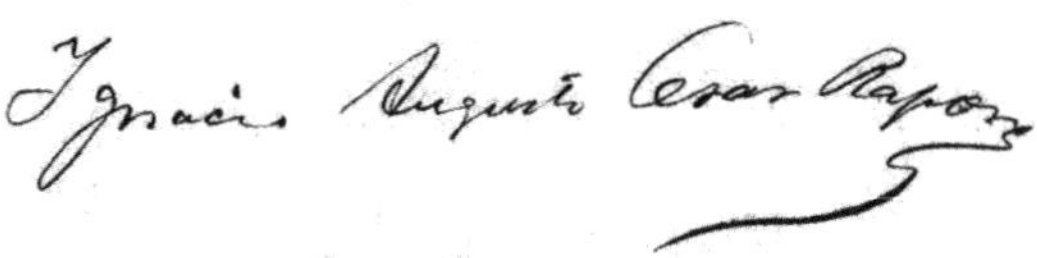

3

VEJO-ME AQUI NESSE LABIRINTO DE CARTAS E INSULTOS, intrigado com as demandas urgentes, senão fatais, que acabo de ler. Já não posso adiar o início da história, após a descoberta dessas palavras desferidas contra Adriano Ferreira.

Preciso voltar ao tempo zero do romance, para clarear sua gênese. Será também uma resposta ao gracioso prefácio deste livro.

Não me esqueço de quando encontraram um segundo exemplar do livro *Harmonias* de Kepler. Deu-se na mesma época em que me perdia nos armazéns da Biblioteca Nacional, na montagem da exposição dos duzentos anos, "Uma defesa do infinito". Dez milhões de itens representados por magros e preciosíssimos duzentos! A espessura do infinito devia abranger o volume do mundo e o olhar sensível do leitor, este pequeno deus que infunde vida aos livros, mediante o sopro adâmico da leitura. O *Harmonias* encerra essa beleza irresistível, na sublimada música das esferas. Eu visitava sem medo as profundezas do cosmos e da Biblioteca, na selva de mapas, códices antigos, iluminações.

Como e para quem traduzir essa emoção?

De volta ao universo da bibliologia, a uma correta e segura localização, eu tinha a impressão de que o livro de Kepler pudesse duplicar a miragem dos tesouros potenciais da biblioteca.

Uma história imperfeita e descontínua reunira aquela esplêndida coleção, produzindo um universo inflacionário, em grande expansão e cheio de surpresas estelares.

Eu olhava para os poucos espaços vazios dos corredores e imaginava uma história passada naquela Arca de Noé, dentro da qual naveguei durante quase dois anos. O caminho do romance seria talvez o de buscar, do início ao fim, um volume, do abismo arrancado, como o *Harmonias*. Pensava nos sortilégios das obras raras, à espera do autor, luz da luz, deus de deus. Pensava num romance de realidades reflexas, fora do centro e da moldura. Uma história de folhas de rosto, *ex-libris*, dedicatórias: romance que poderia sair de elementos mínimos, em que todos completassem uma ausência que não sei para onde vai.

Lembro-me do sábio Revisor, ao reclamar da falta de foco. Dou-lhe inteira razão, mesmo porque, na elipse de Kepler, existem dois focos.

...

Perdia-me com estrelas mortas que brilhavam no céu de antigos jornais. Temia incorrer num desfile de nomes, cair no espelho do nada, adstrito a um conjunto de bibliotecas ou livrarias, frequentadas por falsários, bibliófilos e ladrões. Assim vagava eu incerto, quando me deparei com uma figura sufocada no silêncio de um século.

Não me perguntem como cheguei a Inácio Augusto Raposo, responsável pela biblioteca particular de dom Pedro II, em vista da qual perdeu a própria vida.

4

DOM PEDRO RIVER

Seguindo os passos de meus personagens, procuro traçar de forma esquemática as mudanças de cenário.

Mosteiro de São Bento
Morro de São Bento

Livraria Lombaerts
Rua da Quitanda, 68

Biblioteca Fluminense
Rua do Sabão, 45

Museu Nacional
Praça da Aclamação

Sociedade Arcádia Brasileira
Rua da Ajuda, 55

Manoel Ferreira Lagos
Rua do Carmo, 61

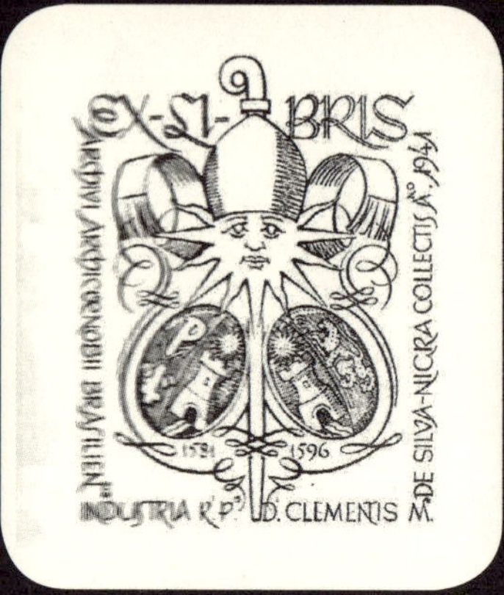
EX-LI-BRIS
1581 1596
INDUSTRIA R.P. D. CLEMENTIS M. DE SILVA-NIGRA COLLECTIS A. 1941

NABUCO
Joaquim Nabuco

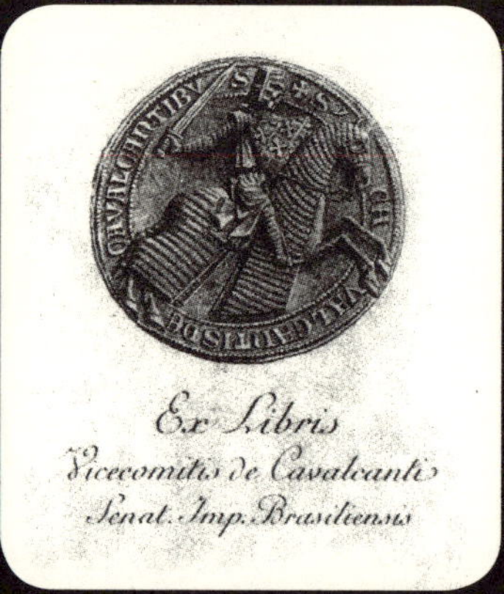
Ex Libris
Vicecomitis de Cavalcanti
Senat. Imp. Brasiliensis

DEUS ET LABOR
EX LIBRIS
Vicecomitis do Rio-Branco
J. M. da Silva Paranhos
Sen. Imp. Brasiliensis

Livraria Clássica
Rua Gonçalves Dias, 54

Gabinete Português de Leitura
Rua dos Beneditinos, 12

Visconde do Rio Branco
Rua do Conde, 51

Biblioteca Nacional e Pública
Rua do Passeio, 48

Livraria de João Martins Ribeiro
Rua Uruguaiana, 1

Machado de Assis
Rua dos Andradas, 119

Livraria Quaresma
Rua São José, 65 e 67

Cotegipe
Rua Senador Vergueiro, 9

Joaquim Nabuco
Rua Bela da Princesa, 1

Visconde de Cavalcanti
Rua das Laranjeiras, 18 A

Barão de Ladário
Rua Cosme Velho, 7

Livraria Francisco Alves
Rua do Ouvidor, 134

Biblioteca Particular de dom Pedro II
Quinta da Boa Vista

BIBLIOTHECA NACIONAL
RIO DE JANEIRO

De la Bibliothèque
Du Commandeur D. Araujo.

JOSÉ DA COSTA AZEVEDO
LADÁRIO

5

INÁCIO É PERSONAGEM À PROCURA DE UM AUTOR, porque precisa contar sua própria vida, como no drama de Pirandello, vestido de preto, náufrago de sua geração. E, no entanto, desapareceu de repente, como um fantasma, obrigando-me a persegui-lo, nas raras pistas que encontrei e que tanto irritaram o Revisor deste livro.

A bem da verdade, eu me tornei personagem de meu personagem. Sinto-me como se estivesse no conto "The Swimmer", de John Cheever, atravessando a cidade através de muitas piscinas, alimentadas pelo Lucinda river, rio subterrâneo e imaginário, de imponentes águas azuis.

A trajetória sinuosa do Lucinda girava em torno da vida de Neddy, cuja biografia tornava-se mais firme à medida que prosseguia incerto o curso do não-rio.

Era justamente assim que eu me sentia, ao longo de livrarias reais e imaginárias, às margens de um Dom Pedro river, que tive de inventar e percorrer, no tempo da exposição da Biblioteca Nacional. Foi assim que cheguei a Inácio, cuja vida precisava desvendar, como os astros de Kepler ou a cabeça do Revisor.

Um de nós levou mais de vinte anos para atravessar o Rio de Janeiro, do morro de São Bento à Quinta da Boa Vista. Vinte anos ao longo do rio Dom Pedro, num cenário composto e variegado. Longe das harmonias de Kepler, íntimo da angústia de Pirandello, personagem sem autor, nos livros que naufragam no corpo da cidade.

6

PRECISO SABER MAIS SOBRE INÁCIO AUGUSTO. Navego nas perigosas correntes mentais do Dom Pedro river.

No abismo entre piscinas e cartas desesperadas, passeio de manhã pelas ruas do Rio, na livraria São José, cujos livros me consomem as finanças e aqui se agregam, compondo este quebra-cabeça. Passo na Tabacaria Africana, onde me deixo levar no turbilhão de perfumadas nuvens dos fregueses. Passo a limpo, no cirrus de um fumo toscano, um extrato do diário de Inácio, sobre a noite na qual dom Pedro seguiu para o exílio.

Uma história me atravessa e mal posso adivinhá-la. Minhas pupilas bebem um feixe de luz, um ponto de fuga. E os episódios se dilatam como a sombra do Imperador na biblioteca. Rua da Misericórdia. Mercado Velho. Rua Fresca. Seguem as investidas da cavalaria nos domínios irreais da cidade. Pouco mais ao sul do forte de São Tiago. O acaso e o destino tramam a dissolução das coisas que nos cercam. Terceiro reinado sem Isabel. História fora da história. Labirinto sem janelas, tragado pelas nuvens da Tabacaria Africana. Os gatos da Ouvidor olham um vulto fugidio. Posso apenas pressenti-lo, ou, quem sabe, adivinhá-lo. Um coche branco puxado por cavalos negros. Três horas da manhã. Chaves perdidas. Portas fechadas, Olhos fundos para ver o que não vejo. Parte do cais Pharoux a última barca e atinge a espessura do nada. Ao longe, um ponto em que se apagam as luzes da baía. Tempo zero: fora do Rio, dentro do sonho, naufrágio irreal. Todo navio submerso é como um livro, que o véu das águas, tímido, recobre. A Candelária é uma nau de velas pandas, como a igreja da Cruz dos Militares. E dois cavalos brancos arrastam um coche negro. Sinto o Arco do Teles elevado a uma potência negativa e o Paço da cidade. Vermelho, esquecido, o cemitério do Caju, banhado pela nebulosa de Órion, que também flutua sobre as torres do Carmo. Um homem vaga na Primeiro de Março, olhos crivados na esfera dos sonhos, indeciso entre partir e não partir. Ponto de fuga. Noite sem lastro, destino e capitão.Desaba sobre o cruzador Parnaíba a mãe das aflições. Um coche negro puxado por cavalos brancos.

Uma história que aos poucos me consome.

7

VEJO-ME QUASE A DAR RAZÃO AO REVISOR. Entretanto, preferia que ele fosse embora deste livro, em vez de dom Pedro. Confesso que não entendo todas as palavras de Inácio sobre a última noite do Imperador no Brasil. Há algo de estranho, que mal adivinho.

Ainda que eu fumasse toda a nuvem da Tabacaria Africana, ainda que me perdesse nas delícias livrescas da São José, eu não seria capaz de saber para onde correm as águas secas do rio Dom Pedro. Como se tivesse de domar um cavalo selvagem, que é o que faço nesta história, buscando informações que componham um quadro. Preciso salvar alguém destas páginas. E não posso desistir agora, depois da carta furiosa de Inácio e do diário, que parecem pedidos de socorro do personagem que me acena rio acima.

As poucas páginas deste livro formam um romance policial e não forçosamente hidráulico. Menos pela história que pelo conjunto de diligências tomadas, a desdobrar-se em planos mistos de investigação, num jogo de códigos dispersos.

Trata-se de uma aventura onde se incluem os bastidores, o avesso da história, por onde passam, cruzados e invertidos, os fios do tapete narrativo.

Procuro nomes, datas, ao longo das salas quase infinitas da Santa Casa de Misericórdia no Rio de Janeiro. Procuro a biografia de Inácio, enquanto subo e desço escadas, vigiado por fileiras de quadros que aumentam a vertigem de corredores perfeitamente iguais e longilíneos.

Como um espelho de Pirandello.

Perdi a conta das visitas à Santa Casa e à capela de Nossa Senhora do Bonsucesso, próxima ao antigo morro do Castelo, com a ladeira, outrora viva, e hoje interrompida, que não leva a parte alguma, assim como este romance, em cujas águas flutuam autor e personagem.

Passados três meses de investigação, a notícia arrancada a ferro e fogo dos registros. Chamam pelo meu nome como um trovão na sala de espera. Corro para proteger-me da chuva, intimado por uma voz feminina muito áspera, que cumpre há décadas o mesmo ofício pluvial.

Há de ser assim no fim dos tempos. Aquela mesma voz dividirá o joio do trigo, a direita da esquerda, sem que ninguém ouse pedir vistas do processo.

O balcão de vidro fosco recobre como um véu o rosto da atendente, contra os bárbaros que somos nós, os que vivemos *deste lado*.

– Oito mil oitocentos e sessenta e dois, adulto, quadro dois !

Eis a chave numérica, a palavra esquecida, o vento que corre em meus domínios. O número afinal se fez carne. Carne?! Não propriamente. Menos que carne. O número se fez osso. E na direção dos ossos de Inácio, abalo-me ao cemitério do Caju.

Procuro o quadro dois, que é como um remanso nos mares bravios do campo santo, onde os túmulos são barcos levados ao abismo e regurgitados à praia. Busco demoradamente, e de olhos abertos, o endereço correto. Faço três vezes o mesmo percurso. Volto. Insisto. Mas é inútil. O número perdeu o fio-terra.

O sol a pino desnuda apagadas inscrições. Vivo a sensação de paz no seio do abandono. Nada de novo no Caju.

Deixo-me contemplar as ruínas, aqueles túmulos sem inscrição, mudos e inúteis, como quem percorre bibliotecas de livros sem folhas de rosto, prefácio e conteúdo. Para frei Camilo, se a terra dos monges defuntos é um passado sem eloquência, na biblioteca os corpos renascem nos áureos vestígios das ideias.

Memória atemporal dos volumes que dormem. O que não é o caso destas lápides. E se me perco em devaneios, meu bom Revisor, se não vou direto ao ponto é porque não achei infelizmente o esqueleto de Inácio.

Saio do cemitério a imaginar aqueles túmulos no dia do Juízo, com a atendente da Santa Casa chamando as almas pelo nome. Creio que os mortos cansados, entorpecidos, continuarão a dormir, a fim de não romperem o invólucro de sono com que se fundem integralmente, longe da salvação.

8

A QUE SE REDUZIU A NATAÇÃO DAS PISCINAS, que estranha mudança de curso, nas águas salobras do cemitério, entre mortos, com diferentes graus de dissolução da história?

Sofro de um gravíssimo déficit ficcional. Mas a culpa é toda de Inácio e de seu trabalho, porque a biografia de um homem de livros encerra uma contradição. A vida e o livro são inimigos ferozes. Viver no seio de uma biblioteca reflete o isolamento de um bibliopata.

O homem de livros desvive, quando serve no palácio de um deus cartáceo, guiado pela fome do catálogo, que é ao mesmo tempo estômago e mapa-múndi. Um verdadeiro processo de autólise, em que a biblioteca-esfinge devora a si mesma e aos encarregados de manter vivo aquele monstro.

O bibliotecário sonha o conjunto em que nada se perde, fora das vicissitudes do mundo, casa de um só Livro, ideal, em guerra santa contra as epidemias, insetos e ladrões, que agem nas frestas do silêncio, no Passeio Público, no Campo de Aclamação, nas salas do Senado, desejosos dos belos diamantes da biblioteca de dom Pedro II. Eis em que consiste a missão de Inácio: vigiar, combater.

Se o guardião dos livros não possui biografia plena, dispõe, contudo, de vasta bibliografia, típica de quem vive dos outros, geógrafo do espaço, da classificação, para que não se perca nenhum livro e, muitas vezes, para sempre, dentro da própria casa.

Adão na aurora do mundo, cumprindo a liturgia de um deus incerto, livre do mal, eis o que sonha Inácio Augusto, esquecido de si, buscando apagar os traços de sua vida.

Não se apagou, todavia, e para desespero do Revisor, o anúncio que diz:

> PARENTES E AMIGOS DO INFELIZ INÁCIO CESAR RAPOSO CONVIDAM À MISSA EM SUFRÁGIO DE SUA ALMA AMANHÃ, SEGUNDA-FEIRA, 19 DE MAIO NA MATRIZ DE SANTANA

A *Gazeta de Goiás* dará os pêsames aos parentes no mês seguinte.

9

ABORDO EM POUCAS LINHAS O OCASO DO IMPÉRIO, de que ainda não tratei, a partir de uma figura que parece personagem bem conhecida por Inácio Augusto.

Se dependesse do desassombro do visconde de Ouro Preto, a república não teria a menor chance de vingar no Brasil, tão inarredável se mostrava a convicção de que a monarquia era a única forma de governo capaz de promover a grandeza do país. Os anais da Câmara dos Deputados registram sua reação, diante dos vivas à república do padre João Manuel.

Ouro Preto ergue-se com ímpeto e energia, em contra-ataque:

– Viva a República, não! Não e não; pois é sob a monarquia que temos obtido a liberdade que outros países nos invejam, e podemos mantê-la em amplitude suficiente para satisfazer o povo mais brioso!

Certamente, não é na conta de Ouro Preto que se podem debitar todas as razões do fim do Império. Foi dos seus mais altivos defensores, capaz de enfrentar quem quer que fosse, com amplos sacrifícios pessoais.

Foi ele quem planejou o que poderia ter sido o traço de união entre o Segundo e o Terceiro Reinado – o baile da Ilha

Fiscal, evento de grande valor simbólico, reluzente e aparatoso, como se desvelasse o rosto de um futuro, que jamais chegou.

Além do baile, Ouro Preto elabora um conjunto de medidas altamente ineficazes, a fim de se evitar a queda iminente. Seu defeito mais vistoso decorre da inflação de sua virtude maior, a firmeza. Qualidade que vai da arrogância à obstinação, de uma surdez imponente à falta proverbial de sensibilidade. Depois do grande não à república, Ouro Preto lidera a resistência aos insurgentes, com ímpeto resoluto.

Combino a agenda de governo às vozes da imprensa para esboçar, em traços breves, o que se passou naquele dia fatídico, quando o país estava sentado na boca de um vulcão, como disse Floriano, ajudante general do gabinete de Ouro Preto, cuja deslealdade constitui afronta aos princípios de caráter.

No dia 14 de novembro, Ouro Preto analisa o bilhete de Floriano: "tramam algo por aí além: não dê importância tanto quanto seria preciso, confie na lealdade dos chefes que já estão alertas". Houve reunião do tribunal do Tesouro, com a presença dos ministros da Guerra e da Justiça e do presidente da província. Ouro Preto determina que o ministro da Guerra procure imediatamente Deodoro. Em seguida, põe em estado de prontidão a guarda cívica e o corpo de polícia, convocando a força capaz de vir até a Corte, devidamente municiada e sob as ordens diretas do primeiro-ministro.

De noite, em torno das dez, Ouro Preto recebe em casa o redator do *Jornal do Commercio*, que viera indagar se era exata a notícia da ordem de prisão contra Deodoro e se haveria embarque dos batalhões da guarnição para a capital. Ouro Preto desmente categoricamente a ordem de prisão.

Às onze e quarenta e cinco, o chefe de polícia da Corte telefona para informá-lo que o primeiro regimento estava em armas:

– Julgo necessária sua presença aqui por todos os motivos.

O visconde segue apressado pela rua de São Francisco, disposto a parar o primeiro veículo. Junto à ponte do Maracanã, faz sinal para um carro, que era justamente do chefe da polícia.

Seguem pela Haddock Lobo e entram no quartel da cavalaria policial. Prontos quarenta praças e dois oficiais. Ouro Preto determina que se incorporem às ordenanças dos ministros, aos destacamentos e patrulhas e sigam sem demora ao quartel da rua dos Barbonos. Traça no arsenal de marinha toda uma estratégia de combate, que inclui o morro do Castelo e os navios.

A essa altura, o ministro da Guerra convence Ouro Preto de se instalar no quartel do Exército, "para animar a resistência". Dirá mais tarde, Ouro Preto, que o levaram para uma ratoeira.

Cercado o quartel do Exército, pela manhã, Ouro Preto pergunta a Floriano:

– Por que deixaram que tomassem tais posições? No Paraguai, nossos soldados apoderaram-se de artilharia em piores condições.

– Sim – responde Floriano –, mas lá tínhamos em frente inimigos e aqui somos todos brasileiros.

Ouro Preto compreende afinal a espessura dos fatos. Envia um telegrama a dom Pedro, sobre o Ministério que "depõe nas augustas mãos de vossa majestade o seu pedido de demissão", quando a tropa acabara de "fraternizar com o marechal Deodoro, abrindo-lhe as portas do Quartel".

...

Deodoro exprime toda a mágoa dos políticos do Império, lembrando o sacrifício do Exército no Paraguai, quando lutavam, todos, meses a fio, dentro de pântanos, na defesa da pátria.

Imóvel e sobranceiro, sem dizer palavra, como se fora uma estátua, Ouro Preto responde:

– Não é só no campo de batalha que se serve a pátria e por ela se fazem sacrifícios. Estar aqui ouvindo o general neste momento não é somenos a passar alguns dias e noites num pantanal. Fico ciente do que resolve a meu respeito; pode fazer o que lhe aprouver. Submeto-me à força.

Do resto já sabemos todos...

Na manhã seguinte, Rafael, antigo liberto de dom Pedro, caminhava pelos jardins e aleias da Boa Vista, sem saber dos últimos acontecimentos.

Inácio Augusto andava de um lado para o outro, nas escadarias do palácio, com gestos que traduziam angústia e confusão.

– Seu Raposo, você enlouqueceu?

– Rafael, não sabes que ontem foi proclamada a República e que teu Senhor está preso no Paço da cidade?

Eis um trecho do romance de Múcio Teixeira, com a reação de Rafael, descrita com ênfase, ao erguer o braço direito e olhar para o céu:

– Que a maldição de Deus caia sobre a cabeça dos algozes do meu Senhor!

Mas ela caiu imediatamente sobre quem a pronunciou. Foram aquelas suas últimas palavras.

Seis meses depois seria a vez do bibliotecário, investido de grave e crescente desespero.

10

ESTRANHO INÁCIO QUE SE ECLIPSOU NO HORIZONTE DO TEMPO como Cristo na cruz, entre o bom e o mau ladrão, como se tudo tivesse acabado, e sem janelas para a vida eterna da ficção.

Hoje me caíram às mãos alguns dados sobre o calvário de Inácio, quatro cartas de seu inimigo, Adriano Ferreira, que, se não subiu aos céus, não deixou de trazer episódios que clareiam regiões que só podem ser vistas mediante o eclipse.

Deixemos que se apresente.

Dizem que o senador Rodrigo Silva e eu dividimos o mesmo aprumo, a mesma elegância, o mesmo frescor da toalete. Sinto-me lisonjeado, mas não posso opinar sobre a matéria sem incorrer em autoelogio. Sei que em dois pontos coincidimos. O ano de nascimento, 1833, e o número aproximado de gravatas, quase uma centena, a que corresponde um número mais sóbrio de alfinetes com safiras, rubis e esmeraldas.

O paralelo termina aqui, infelizmente para mim.

Rodrigo é um tipo excessivo e leve, corruptível e corruptor, austero e confidente, brusco e afável, pronto como águia nas questões de poder. O que nele parece casual e inesperado não passa de estratégia e cálculo para atrair "senhoras da boa sociedade, opulentas em carnes e haveres".

Quanto a mim, nasci no Rio de Janeiro, nas tempestades do Período Regencial. Órfão de mãe aos seis anos, meu pai foi um famoso relojoeiro, sócio de Agostinho Hummel, na loja da rua da Cadeia, cuja clientela dispunha de sólidos contos de réis. E, no entanto, a sociedade com o Agostinho achava-se comprometida. Vários relógios desapareciam dentro da loja e os balancetes, apesar das boas vendas, traziam números estranhamente negativos. Meu pai viu-se obrigado a sair da sociedade, por míseros tostões, perdendo móveis, cavalos e escravos. A casa ficou por um fio, salva apenas com as economias de minha avó. Só não pôde salvar a saúde mental de seu filho, levado ao hospício da Praia Vermelha, de onde nunca mais saiu até morrer, em 1849.

Precisei trabalhar cedo. Abandonei a escola, sem deixar de ler todos os livros que pudesse e conhecer as línguas. Comecei na livraria Lombaerts, onde aprendi muito sobre encadernação. Cheguei mesmo a salvar alguns livros da biblioteca de dom Pedro. Fiz amizade com os melhores profissionais, criando laços que duram até hoje e que me ajudaram a conquistar, por exemplo, a edição princeps *da Marília de Dirceu, quando esperava encadernação fora da Biblioteca Nacional.*

Fui despedido, não lembro por qual motivo, da Lombaerts, tendo a ventura de me ver empregado, poucos dias depois, na Biblioteca Fluminense, à rua do Sabão. Trabalhei com Francisco Martins, velho rabugento e preguiçoso, que me obrigava a trabalhar duas vezes mais. Separei alguns livros para mim, cujo valor ninguém mais do que eu seria capaz de apreciar, e que iluminam a prateleira mais alta de minhas estantes.

Certa vez encontrei Uruguai (recuso-me a chamá-lo de visconde!), diretor simbólico da biblioteca, o qual se insurgiu, aos berros, contra a minha ousadia, imagine, a de um empregado, em cumprimentá-lo. Foi das grandes humilhações que sofri. Disse-lhe com voz áspera que não se dirigia a um simples escravo, mas a um cavalheiro, a quem não restava senão demitir-se, como se espera de um homem de brios.

Foi o que fiz e de modo algum me arrependo.

Não cheguei a passar fome, salvo pelos relógios que papai trouxera da loja para casa, como se buscasse então se precaver do golpe desferido mais tarde por Agostinho. Vendi uma pêndula na rua do Senado.

Minha experiência com os livros era apreciada na Corte, levando-me, assim, menos de vinte dias depois, com apenas trinta e um anos, a trabalhar no Museu Nacional, graças a um amigo de papai, o doutor Leopoldo Souza Campos, que conhecia o diretor daquela casa veneranda. Fui admitido em janeiro, com abraço caloroso e uma ponta de emoção.

Começou bem o que havia de terminar mal. Creio que matei o doutor Leopoldo, seis meses depois, de desgosto, no único furto no qual me envolvi em toda a minha vida. Leopoldo foi a única pessoa que desconfiou de mim. Associei-me a um amigo de família, Domenico Galli, morador no Campo de Santana, que me convenceu a praticar um ato desonroso.

Sirva de atenuante a vida limitada em que eu vivia, com aquele salário irrisório e ofensivo do museu. Quando não os arroubos da juventude, que ainda não me abandonara, nos sonhos de aventura e liberdade. Tudo ocorreu no domingo, de 25 a 26 de junho de 1865. Dei instruções ao italiano para entrar no museu, mostrando salas esquecidas e corredores cegos. Antes de o museu fechar, Domenico enfiou-se atrás de uma porta e agiu com a perícia de um gato. No dia seguinte, deram com a janela aberta, fósforos e pedaços de estearina. Acharam o papel com minhas instruções (idiota!), que sinalizava primeiro os diamantes, depois o ouro em pó e, no final, bem separados para que não tilintassem, todas as moedas de ouro e prata que pudesse reunir. O bilhete estava escrito em italiano, sem o meu nome.

Foram 53 moedas, 70 medalhas e 49 diamantes.

Tudo bem dividido e jamais fomos descobertos. Domenico mudou-se para a bucólica São Paulo. Pouco depois mudou-se também, mas para o cemitério, abalado com a invasão do museu, o pobre doutor Leopoldo. Sei que andava com a saúde frágil e que não demoraria a partir. Mesmo assim, mandei rezar missa por sua alma na igreja de São Joaquim, onde o vi algumas vezes.

Tirando sua morte, não tenho outro remorso, pois não houve derramamento de sangue e ninguém teve de pagar ou devolver o montante. O museu tratou de comprar novas e melhores moedas, não sendo todas dignas de exposição. O bolsinho de Sua Majestade também foi acionado, ficando o museu mais formoso do que era.

Depois daquela noite, passei a viver com a facilidade dos tempos da relojoaria de papai. Como se eu tivesse desfeito uma injustiça.

Depois de pedir demissão, nunca mais voltei a por os pés no museu, como tributo à memória do doutor Leopoldo.

11

CHEGAMOS A CONHECER UM DOS DESAFETOS DE INÁCIO, alvo da carta cheia de ódio que abre este livro, depois das palavras de meu ilustre Revisor, que se desmoraliza à medida que o romance adquire autonomia.*

A aversão de Inácio devia-se talvez ao fato de ser Adriano pessoa de astúcia invulgar, que se mantinha a salvo de toda e qualquer suspeita, sob o escudo glacial do cinismo e do cálculo das palavras, como se nada pudesse alvejá-lo.

O quebra-cabeça ganha novos contornos e já não saberia dizer qual será a efígie, qual a figura que poderá emergir de tantas indagações: se o meu rosto, se o de Inácio ou o de Adriano. Não será decerto o do Revisor!

Adriano possui um segundo nome, prenhe de consequências. Dou-lhe a palavra.

Hoje me tomam pelo que realmente sou: um homem culto, uma das glórias do Brasil, apesar de jamais ter publicado um

* Nota do Revisor: tenho dúvidas quanto à autonomia da história e quanto ao fato de este livro constituir um romance.

só livro ou artigo. Sou como Sócrates, amo apenas o debate, a senda inesperada a que a discussão pode levar.

Sou obrigado a observar que, além da merecida fama intelectual e, por causa dessas mesmas virtudes, alcancei o título de barão, a que se soma um bom número de charutos, alfinetes e contos de réis pagos a Rodrigo Silva.

Devo-lhe o título de barão... barão de... barão de Jurujuba! Foi motivo de alegria e desconcerto aquele estranho Jurujuba! Preferiria outro nome, que não soasse como uma pilhéria.

Consolo-me ao lembrar-me de outros, quase impronunciáveis, como Ivinheíma. E que dizer afinal de um barão de Aiuruoca ou de Suruí?

Seja como for, prefiro o baronato de Jurujuba a não ter nenhuma ligação com os que fazem a história do país. O cartão de visitas que mandei fazer, com o brasão de armas, abriu-me de par em par as portas de saraus, gabinetes e livrarias imperiais.

Tenho um ex-libris *de grande refinamento e que um pouco me resume.*

Ah! Como gostaria de encontrar hoje o defunto visconde do Uruguai...

Vivo atualmente sem preocupações. Ajudo de modo generoso os mais desprovidos, como sabem os fiéis das igrejas de São Francisco da Prainha e de Santo Antônio dos Pobres. A bem da verdade, apresso-me a dizer que gasto a maior parte de meus haveres com a expansão da biblioteca luminosa que formei vida afora.

Por outro lado...

12

AS PALAVRAS DE ADRIANO FERREIRA, BARÃO DE JURUJUBA, desaparecem repentinas com esse *outro lado* e com o que poderia vir depois. Digamos que perdemos o verso da folha. E que passamos agora ao anverso, ao ajudante da biblioteca de dom Pedro.

Para seus amigos, Inácio Augusto é um espírito aberto e prestimoso, "amador das boas letras", a quem não falta senso de humor e nem tampouco "dotes maternais".

De acordo com seu obituário, assinado por *Yankee*, Inácio era de uma extrema generosidade, repartindo "seus honorários com os amigos necessitados e com muitos pobres que lhe batiam à porta do seu humilde quarto no pavimento térreo do Paço da Boa Vista".

Ria-se com Urbano Duarte, a mais não poder, dizendo-se republicano desde a mais tenra infância, como que para morder a adesão dos fariseus, convertidos no período de 15 a 20 de novembro.

Inácio era de fato um republicano convicto, sem que, com isso, deixasse de dar mostras de gratidão à família imperial.

Qualidades solares, as suas, apreciadas por dom Pedro, que a ele sempre se dirigiu com grande afabilidade, em pouco mais de sete anos de convívio.

Para lidar com as riquezas da Boa Vista, Inácio revelou competências beneditinas, diante de um acervo complexo e heterogêneo, sensível às virtudes potenciais da livraria, realinhando estantes e prateleiras, para saciar a fome da cidade dos livros, voltada sempre mais para o futuro.

Saía-se bem, o imperial bibliotecário, mas era preciso que houvesse outros braços, para ajudá-lo a promover com eficácia a defesa do infinito.

Certa vez, Inácio recebe inesperada visita do poeta Guimarães Passos e de outro amigo. Como estivessem em jejum, há quase três dias, Inácio os convida para o jantar, mas com extrema delicadeza, como se lhes pedisse um favor:

– Façam companhia ao solitário.

Vieram ao gabinete de Inácio os "pratos das cozinhas imperiais", regalando-se todos em clima de amizade fraterna. Após o café, com o charuto desenhando formas aéreas, Inácio dirige-se ao poeta, nos termos aduzidos por João do Rio:

– Não lhe cansa esta vida, amigo Guimarães? A sua obra necessitaria de quietude, de descanso.

– Oh! Descanso! Olhe, eu desejaria passar a vida como o senhor. O destino é que não quis...

– Mas é sempre possível ajudar o Destino. Estava precisando de alguém para o trabalho na biblioteca...

Guimarães Passos começou a trabalhar na mesma semana como arquivista, onde se encontra com um dom Pedro concentrado em suas leituras, no seio da livraria.

Interpela-o certa feita o imperador:

– Senhor Guimarães, como traduziria você estes versos de Zorilla?

"Sobre o mesmo livro", observa João do Rio, "a imperial barba argêntea e a cabeça juvenil do poeta curvaram-se."

– Já os estudei, majestade, e até cheguei a traduzi-los.

– Como?

– Assim...

– Agradável coincidência, senhor Guimarães. Acabo de traduzi-los do mesmo modo e a sua tradução restitui-me a confiança que em mim não tinha.

...

A viagem e os livros foram a *terapia do espírito*, segundo escreve Ouro Preto, de Roma, após o advento da República.

13

HAVERÁ TERAPIA QUE ATENDA ÀS NECESSIDADES PRIMÁRIAS dos colecionadores de livros, dos que se enamoram do objeto, das partes acessórias e acidentais?

O bibliófilo clássico, na estrita acepção da palavra, não passa de um magnífico idiota. As qualidades intelectuais o denunciam e não sei o que mais admirar, se a falsa erudição a que faz jus, se o oportunismo vigilante, que o denuncia, ou se as unhas ousadas e compridas. O bibliófilo é um lascivo por definição. Poderia presidir a melhor biblioteca da Corte ou o mais lúrido bordel, como o da rua Senhor dos Passos, lançando mão da mesma atitude, entre rameiras e leitores: a língua ferina e o caráter simulado.

Os bordéis e as livrarias perdem com tal figura, a quem importa menos o volume que o conjunto, menos a verdade que a aparência.

O bibliófilo não possui propriamente uma biblioteca, mas um serralho, como os paxás de Istambul, fixando a beleza nos corpos que o aguardam, febris, no seio da biblioteca. Livros de rendas galantes, multicores e a paixão de desnudá-los; outros, com pequenas cancelas, ferros e broches, defendem o pudor de sua virgindade. Se as odaliscas de marroquim o aborrecem, ordena livros de veludo azul. E, dentre aquelas páginas, uma espécie de perfume, nos sinuosos volumes bizantinos, com a variedade de esmaltes e caprichos do Oriente.

Não há meio-termo, não há fronteira aberta. Ou se é intelectual ou bibliófilo. Não se pode servir a dois senhores, sem deixar de trair, cedo ou tarde, um dos dois. Vejo o visconde de Silva, folheando o *Alcorão*, adquirido na livraria Fauchon e Dupont, na rua Gonçalves Dias, sem saber uma vírgula de árabe. O mesmo volume aparece nas estantes da Quinta da Boa Vista, quando dom Pedro e Gobineau debatem, nas tardes de domingo, a sedução das línguas levantinas.

Eis a diferença entre um bibliófilo e um leitor, entre o desenho e a interpretação, unhas afiadas e mãos velozes.

Há obviamente ampla intimidade entre bibliófilos e ladrões. Primos siameses que atuam no mesmo ramo de atividades. A pilhagem de livros obedece à lei de Lavoisier, segundo a qual nada se perde, nada se cria, mas tudo se transfere de uma estante à outra, num moto contínuo, por toda a eternidade.

Não é clara a fronteira das unhas de ladrões e bibliófilos. Lembro da *Arte de furtar* e imagino uma ode às unhas dos primos que acabamos de ver, unhas próprias e alheias, finas e grossas, ásperas e sutis, unhas compridas, agudas, criminosas, unhas sempre e, em demasia, unhas tantas e tamanhas, que é preciso cortá-las sem demora.

14

OBTIVE A PESO DE OURO, das unhas do infame tetraneto do barão, o bilhete em que reage às acusações do bibliotecário imperial.

Li mais de uma vez a carta de Inácio a mim dirigida, aquela em que me atribui manchas de caráter, falta de elevação de vistas, definindo corsárias minhas atividades livrescas. Duras palavras, como se me coubesse pagar o crime que não cometi, o crime de o haver suicidado. Não posso dar de ombros: seria a um só tempo faltar à verdade e às normas da língua, atribuir-me essa culpa. Será preciso lembrar que o autocídio não passa de um assassinato de si mesmo, em que se confundem sujeito e objeto, vítima e réu?

Pobre Inácio! Requiem aeternam dona ei, Domine. *Descanse em paz.*

Pobre?!

Considero inadmissíveis suas palavras, inadequadas para um cavalheiro que gozava da irrestrita confiança de dom Pedro, palavras cheias de ódio dirigidas a um barão com grandeza! Foi a carta mais repugnante que recebi, um insulto feroz como a descompostura do visconde de Uruguai. Feridas que não cicatrizam.

Não direi nada sobre meu ofício. Tenho clareza do altruísmo que me leva aos livros, a muitas léguas de distância da prática dos ladrões que assolam a cidade. Compreendo o desespero e a morte de Inácio, buscando salvar a biblioteca do imperador, quando não a própria honra, na qualidade de guardião dos tesouros. Rasgou as vestes sacerdotais, atirando-as ao fogo.

Inácio não tratou do acervo como lhe era devido, como se espera de um bom prefeito dos livros. Faltavam-lhe qualidades administrativas e intelectuais, o contrário de um Ramiz Galvão, junto à Biblioteca Nacional, homem de cultura, que conheci no Café do Comércio, em aceso debate movido a cajuadas com o erudito Manoel Ferreira Lagos.

Inácio forma exceção no perfil dos que se ocuparam do acervo petrino, como foi o caso do doutor Canto e Melo, que era realmente um sábio e a quem sucedeu, sem o substituir.

Hesitante, Inácio confessou a Urbano Duarte que não se sentia à altura do convite do Imperador, tal como Ouro Preto deveria ter reconhecido a falta de predicados para presidir ao último gabinete do Império.

Seja como for, creio que poderei perdoar Inácio com o tempo. Acho que já o perdoei. Não tenho outro remédio. O ódio é o princípio do abismo, para o qual não serei arrastado. Rezo pela salvação de sua alma.

Sinto uma ponta de pena de Inácio. Como dizer a palavra certa, que preferiria talvez esconder? Inácio sentia inveja, uma inveja irresistível de mim. Não posso e não o devo culpar. Formávamos uma contradição.

De origem obscura, nascido na distante cidade de Goiás, sem títulos e sem posição, trajando fatos discutíveis, recebendo modesto salário, que mal dava para o sustento, Inácio não podia competir com meu estado. Havia um abismo entre nós, que separava o humilde guardião da biblioteca e o barão de Jurujuba.

Sempre me comportei de modo magnânimo. Quis mesmo ajudá-lo, abrindo portas, granjeando a seu favor amigos de prestígio crescente, como João do Rio, Guimarães Passos e Olavo Bilac, jovens clientes, aos quais fornecia livros a preços reduzidos.

A primeira vez que o encontrei, lembro-me bem, foi na livraria de João Martins Ribeiro, na Uruguaiana, no começo dos anos de 1880, depois de ele assumir a biblioteca do imperador.

Era um autodidata esforçado, cultura breve, polido e gentil, para compensar o caráter pouco atrativo e sem vibração. Não sei como chegou ao cargo e nutro sérias dúvidas sobre o mérito. Havia tantos nomes! Não me incluo na lista, pois não advogo em causa própria. Lembro-me de Ramiz, Bilac ou Ramos Paz. Mas o que dizer a respeito, se naquela altura dom Pedro dormia sempre, em toda a parte, com o diabetes avançado e a inteligência mais vagarosa?

Chegamos a fazer boas partidas de voltarete, aqui em casa, no largo de Santa Rita. Dei para Inácio livros, charutos, tubos de tinta e pincéis (as únicas manchas de que disponho, não as de caráter), quando ele tomava aulas de pintura, com o objetivo de aproximar-se mais de dom Pedro de Saxe e Coburgo, de quem era amigo, deliciando-se em longas e animadas palestras sobre aquarelas e quadros a óleo.

Poucos meses depois de conhecê-lo, Inácio levou-me à deslumbrante biblioteca petrina. Foi em 5 de junho de 1888, fazia sol. Voltei dois anos depois, janeiro de 1890. O intendente da Quinta era meu primo, o que me permitiu horas de pura meditação, livre da companhia dos mortais. Inácio tirou ilações indevidas, imaginando o que eu jamais seria capaz de fazer no coração do templo do ex-imperador. Outras pessoas entraram no recinto, como foi o caso de Taunay e de não sei quantos mais, que furtaram livros e objetos.

Eu me pergunto justamente por que duvidou de minha honra?

Não me perdoava a amizade com o superintendente da Quinta, que era pessoa de valor e acima de qualquer suspeita.

Foi um período em que Inácio revelou todo o seu ódio e ingratidão, retribuindo com essa moeda a amizade desinteressada que lhe devotei nos últimos sete anos.

Ferido de ingratidão, não me deixo abater. Guardo sempre um resto de esperança, necessário e suficiente.

15

OS PLANOS DA NARRATIVA ROMPEM A FRONTEIRA MORAL e metafísica de meus personagens e se misturam com a minha própria biografia, e com tamanha disposição, que já não sei quem fuma os meus charutos, escreve essa história, mergulha nas águas do rio dom Pedro e manda ao inferno o Revisor.*

Tão capturado me vejo que raras vezes consigo dormir.

São três ou quatro da manhã. Aliás, quatro. Quatro e dez. Quatro e vinte. Quatro e... Ao diabo com a insônia e as trevas exteriores, primícias do demônio, da noite em branco. Quatro e vinte. Quatro e meia. Posso recorrer ao celular, mas a luz agride meus olhos, como um golpe de faca. Ouço a litania dos relógios, esses, que adquirem à noite nova epiderme. De cordeiros passam a monstros, ruidosos, como se anunciassem o fim do mundo, como se houvesse no coração de suas entranhas uma revoada de corvos. Penso no pai de Adriano, íntimo daquelas aves, preso ao morgue de ferro, desmontando, com óculos duplos e incisivos, aqueles simulacros de tempo.

* Nota do Revisor: ele me quer no Inferno, mas sua história ficará no limbo.

Talvez eu pudesse dormir, sem o barulho desses pássaros, mas se são eles justamente que imprimem um ritmo à música, áfona e incessante, da insônia.

Todo o relógio é um metrônomo no seio da madrugada. Cada qual a destempo.

Se as investidas do sono mostram-se inermes, as vias inquietas da insônia trazem o eco de um trem, bufante, nervoso, que devora tudo que passa na janela, formas que surgem e logo se desfazem.

Despe-se o trem da insônia nos subúrbios do medo. Um copo de água sobre a cômoda. Um capítulo do livro de Flora, de Émile Zola, que antecipa a morte de Inácio. O trem. O relógio. A insônia. Posso adiar o encontro das narinas sôfregas da locomotiva, atrasando o relógio. Quatro e meia. Quatro e vinte. Quatro e dez.

Tomo um quarto de sonífero e logo se desfazem, num roxo impreciso, o trem, o relógio e os corvos.

16

MAS, ÀS VEZES, DURMO, PASSADA A MEIA-NOITE, sem corvos e relógios, tão longamente como se quisesse abrir meus olhos em outra cidade, aspirando às férias, longe do terreno movediço destas páginas.

Passo uma semana em Petrópolis, no arquivo do Museu Imperial, e aponto algumas ideias sobre a biblioteca de dom Pedro, cotejando catálogos de livrarias que desapareceram ou que simplesmente foram absorvidas por outras, como a Fluminense, na qual trabalhou Adriano, sob a tutela de Uruguai.

Eis a conclusão a que cheguei.

A biblioteca particular de dom Pedro é uma nuvem, em pleno ar, nuvem dom Pedro, de livros expansivos, como as fronteiras do Império, nuvem de sonhos, nuvem latente. Ferida na ambição de dominar o mundo. A biblioteca é um fenômeno meteorológico, sem que se possa represá-la, por muitos anos, inquilina de uma casa, ao longo de poucas décadas, súdita fiel de um soberano, até sobrevir a nova dinastia, o *fato consumado*, a venda ou a cessão dos livros, passados para o domínio de um novo rei-proprietário, debaixo de cuja lei se redesenham as linhas de poder. Cedo ou tarde, o *império das circunstâncias* impõe uma nova ordem às prateleiras, através do quadro sucessório ou do golpe de estado, quando não através dos bárbaros, que arrancam estampas e figuras, mutilando os livros, a fim de abastecer o escuso mercado em que volumes e documentos se desmancham ou desfiguram.

Ao contemplar de longe a biblioteca, avulta o sentimento aparente de posse legítima, na boa relação dos volumes com seus pares, na montagem de um relevo harmoniosamente disposto, no balanço da altura ou da língua em que foram escritos, no desenho das capas, de acordo com o assunto, gênero, país, como se cada qual houvesse nascido para ocupar aquele espaço e nenhum outro além daquele em que se encontra, submisso a um destino livresco irrevogável. Como se inaugurassem novo tempo e espaço, apagando o nome do antigo rei, como faziam os faraós. Mais de perto, porém, quando abrimos os alfarrábios e percorremos as primeiras páginas, damos com sinais remanescentes, brasões, *ex-libris*, comentários *a latere*, com letra miúda, retratos escondidos e cartas que jamais chegaram ao destino, fechadas no claustro de papel a que foram relegadas suas vidas, à revelia de si mesmas, talvez, como se fossem o poeta Junqueira Freire entre os beneditinos. A geografia dos livros é quase tão complexa como quando se pretende explicar o mistério do mal na teologia cristã. Quando menos se espera, um livro desponta, sem alarde, fora de lugar, nas províncias distantes do Império. Ou, ainda, no capítulo das surpresas, nas lojas de livros, como a foto de Rob Roy, cãozinho de dona Isabel, que acabo de encontrar, por mero acaso, nas páginas de um velho missal da Francisco Alves. Pode-se perceber que a demografia da biblioteca é filha do acaso, através da pirataria dos livros, da venda imprópria ou de simples e pacífica herança.

Nada mais incerto e heterogêneo, precipitado e fugaz, poroso e descontínuo do que uma biblioteca, seja ela qual for e onde quer que se constitua. Campo santo de lápides, sutis e discretas, como no cemitério dos ingleses. Formas que prorrogam para sempre uma infinita dispersão.

17

A DISPERSÃO É DOS MAIORES INIMIGOS DE INÁCIO. Obsessão de olhos abertos. Pesadelo quando adormece.

Leio no *Diário Oficial* a nota sobre suas novas atribuições, poucos meses depois da saída do Imperador, de auxiliar da comissão que deverá fazer o inventário dos documentos petrinos dos três palácios, para levá-los para a Boa Vista, onde serão examinados por um grupo de notáveis. A companhia de ferro The Rio de Janeiro and Northern Railway concede a Inácio passagem de ida e volta a Petrópolis.

Dolorosa tarefa que o arranca do museu-biblioteca, vendo a comissão decidir o que pertence ao Brasil e o que pertence à família imperial. Para ele, era como abrir uma ferida no cosmos, uma cisão no processo de unidade, um corte no acervo que não admitia divisões, destinos outros e mutáveis endereços.

Implicava também tirar Inácio da biblioteca, *fundeado* no torreão do palácio, desprovido de forças para sair, ferido no duelo verbal com o intendente do palácio, cujo nome não declino, por motivo de rigor. Digo apenas que era amigo de Jurujuba, o que dispensa credenciais.

Como arrancar-te, Inácio, do mundo dos livros, sem ferir teu isolamento, essa leve misantropia, que de tudo e de todos te afasta?

Ouço a voz de Inácio, abafada e surda, como se fosse uma intuição:

Misantropo? Devagar. Eu não diria tanto. Longe da vida? Mesmo que o desejasse – e não foram raras as vezes – minha inquietação nunca me permitiria fazê-lo. Afastado de tudo e de todos? Mas se fiz justamente dos livros minha vida! A biblioteca a que respondo é minha salvaguarda. Vivo e morro isolado no torreão sul do palácio, e aqui me distraio do tempo (que jamais se distrai), cercado pelas torres altas, que me protegem dos dissabores do mundo. Não adivinho a culpa que me atormenta, a expiação que me consome e nem tampouco o destino que me esmaga. Fujo sempre e por toda a parte. Moro na cidadela da Boa Vista, cercado pelas paredes imperiais. Mortalha de meus labirintos, batalhas de meus temores. Insulado na livraria de dom Pedro, que me impede o descortino do mundo. Vejo as coisas do alto, de longe. E não sei dizer quem me domina, se o orgulho ou a solidão. Ambos participam do banquete do medo e rompem a paz de gelo de meus vassalos. Não passo de um escravo dos livros, dos que pertencem a um rei no exílio, cuja sombra e memória se espraiam ao longo desses corredores.

Pago o preço de estar só. A teimosia de não pertencer à nova ordem. Pago um tributo que tudo exige de mim. Quanto me pesa, de fato, e quanto me fere! Embora pese mil vezes menos que as hipotecas de conchavo e submissão.

Caminho ao fim do dia pela imperial Quinta e não alcanço o último raio de sol, que desaba por trás das montanhas. Preparo-me para o interminável combate da insônia. Tenho longos anéis à volta dos olhos, negros, das noites brancas, sem o licor do sono que não vem. Sinto-me devastado. E me pergunto por que tanto silêncio, e mágoa de silêncio, se cada parte de silêncio exige outro mais fundo e impronunciável?

18

IMPRONUNCIÁVEL?

Sim, decerto, quando se trata de traduzir o fim do Segundo Reinado, esse pequeno e doloroso apocalipse.

Desmancham-se os impérios sem piedade, derramando uma impressiva massa de ruínas. Colunas quebradas, capitéis retorcidos, frontões e arquitraves cobertos de musgo, há séculos deitados, rastejantes, sem a frondosa beleza de outrora, quando eram esguios, verticais.

A tanta altura não corresponde a precipitação do reinado de dom Pedro, diante da escala de esplendores e misérias da antiga Roma.

Se existem muitos modos de exercer a arte da queda, todos apontam para o fim da matéria solar de que são feitas as coisas que iluminam parcelas de tempo, hoje profundamente escuras.

Com o fim do Império, apagam-se as fontes dos possíveis, cessam os sonhos de glória, que não passam de ilusão, fora da paisagem que os criou, perdem-se as memórias do presente, ligadas a um pretérito imperfeito.

Que dizer do brilho dos olhos da viscondessa de Cavalcanti e seu modo de apanhar os cabelos, banhados de antigo e sensual perfume? Seus pés irão perder o agasalho dos sonetos de Guimarães Júnior e já não voltarei a ouvi-la ao piano com Arthur Napoleão.

Sinto como se os bárbaros tivessem a intenção de violar as bibliotecas da capital, empenhados no saque aos tesouros. Serão outras as tardes da Quinta da Boa Vista, desertas e vazias, na ausência dos que lhe deram vida.

A queda do Império coincide com a minha forma de cair, quando de tudo me despeço.

Como nos versos de Verlaine, *sou o império no fim da decadência*, vejo passar os bárbaros e não componho versos indolentes.

Talvez, frementes.

Tomo a serena decisão de naufragar com o Império, fugindo à memória de vivos e mortos, um breve ponto de luz na escuridão, prestes a se dissolver no umbral da madrugada.

19

UM PONTO DE LUZ IMATERIAL, GASOSO E IMPERMANENTE, como as estrelas da ópera *La favorita*. O capítulo não progride na arte da queda ou das precipitações e não revela tampouco o sentido daquele ponto luminoso.

Prefiro não adiantar os fatos. Passo do céu para a terra, das estrelas aos dedos de Jurujuba.

Que minhas unhas sejam pérfidas e perigosas, como as de um mísero ladrão, para obter vantagem e lesar terceiros, eis um conjunto de atributos que não se adequam aos meus dedos e livros. Vivo da fortuna que me foi subtraída, nos tempos da loja de papai, e que recuperei no museu. Não preciso de nada.

Minhas unhas são curtas e a quintessência da arte, a que me dedico, é dotada, sim, de fina "elevação de vistas", porque exige senso de oportunidade e virtude intelectual.

Sinto-me como um ator no teatro do mundo, de técnica apurada, desempenhando variados papéis, de acordo com o cenário em que me vejo.

Não me apodero de bens alheios para obter vantagem, pois sendo bastante minha fortuna, não teria meios de ampliá-la com as migalhas da eventual venda de livros.

Como poderia eu definir em poucas palavras a razão de meu ofício, a tarefa a que me entrego, num só destino de leitor e bibliófilo?

Se me permite a imodéstia, sou uma espécie de messias dos livros!

Parecerá estranho aparentar-me com a teologia. Devo frisar bem esse ponto para a defesa de infundadas críticas.

Baste um exemplo. Conheço bem a biblioteca de Cotegipe, cujos volumes, esquecidos, abandonados, parecem "estranhar e queixar-se da mão que os importuna em meio ao descanso morto em que jazem".

Viviam assim os livros da casa na rua do senador Vergueiro. Cotegipe guardava algo em torno de trezentas e oitenta virgens, livros tristes, oprimidos, como os judeus na Babilônia.

Por que deixá-los morrer, sob o jugo de um Nabucodonosor que os oprime para dar brilho à carreira de ministro de vários gabinetes, emprestando-lhe ares de uma frágil cultura, inclinada a frases de efeito, boa para relatório e discurso?

Tirei da masmorra pouco mais de vinte exemplares, todas as noites em que – cúmplice involuntário – Arthur Napoleão tocava, com dedos suaves e unhas aparadas, as polonaises *de Chopin, quando se abria o salão de Cotegipe à sociedade fluminense.*

Os livros são vítimas da infâmia, de que resultam sequelas, algumas vezes irreversíveis, como os de Dom Quixote, emparedados, ou dos que morrem de abandono, presas do bicho ou despedaçados, como os remanescentes da biblioteca do Colégio dos Jesuítas, de que salvei poucas obras de valor, negociando o preço de alguns jogos.

Pombal foi o anticristo, o libricida mor, culpado pela dissolução da ordem inaciana, que levou à dispersão milhares de livros e papéis, vítimas de um incêndio invisível, mais silencioso e devastador.

Sou uma espécie de messias. Trabalho na ressurreição dos livros-lázaros, como se voltassem, depois de mortos e desfeitos, à beleza de outrora. Digo a mim mesmo: nosso amigo dorme. Tratarei de despertá-lo, mediante nova encadernação e costura, couro e veludo, letras douradas e superlibris. *Um furto sagrado, reparador, que salva os livros que morrem nas falsas bibliotecas ou nos salões hipócritas da Corte.*

Não sou mais que um simples artesão. Realizo no silêncio uma tarefa pacífica e amorosa. Ouço as vozes dos livros, como se olhassem para mim, pedindo socorro. Jamais me ocorreu fazer como Caxias na Guerra do Paraguai, quando um praça afirmou haver soldados vivos entre os mortos. Assisti à cena, estava lá, com as pernas enfiadas na lama até a cintura. O então marquês disse: "se o senhor der atenção às lamúrias desses defuntos não enterra nenhum".

Eu não saberia dar resposta mais sanguinária e glacial como essa de Caxidiablo, que era como o chamavam os paraguaios.

Tenho ouvidos sensíveis a Verdi e Rossini. O coro dos hebreus e o corpo dos livros à beira da morte me emocionam até o fundo da alma.

Eis aqui o tamanho e o alcance de minhas unhas, a razão por que não aceito as palavras de quem me insulta, como se eu tivesse urdido nas mesas da Colombo (que jamais frequentei), uma campanha para difamar a honra de um cavalheiro.

Não considere as unhas do barão de Jurujuba, meu caro Inácio, mas o caráter elevado de quem ama os livros e trabalha de olhos fitos no futuro.

20

QUAIS OLHOS, AFINAL, E O QUE SE ENTENDE POR FUTURO, são aspectos que me escapam, assim como os ladrões que se escondem sob as frases deste livro.

Não há saída para o futuro, simplesmente porque o sentido de devir já se esgotou há mais de um século. Porque não há nem pode haver futuro, além do Império, sob o qual se produziram os sonhos de Inácio e Adriano.

Leio o trecho de uma carta redigida pelo militar e jornalista Urbano Duarte, duas semanas antes da morte do imperial bibliotecário. Urbano registra o que ouviu de Inácio, acerca de um estranho mistério que se abate sobre os livros da Boa Vista.

> *A paz romana, ou melhor, petrina, dominante ao longo do dia na biblioteca, cede lugar a batalhas ferozes entre súditos inquietos, passada a meia-noite, que é quando se batem os livros, na disputa entre antigos e modernos. Assim começou a falar Inácio Augusto, entre delírio e razão. Mas é preciso que estejam desertas, aquelas salas, sem a figura de dom Pedro, novo Marco Aurélio, inclinado, roçando, com os dedos e a barba, as páginas dos livros.*

Ausente o imperador, os sermões de Vieira cerram fileiras contra os holandeses, dispondo de piques e mosquetes contra o livro de Barleus, que se defende como pode, mediante as poucas flechas, tomadas de empréstimo do vizinho de prateleira, Hans Staden, com o qual mantêm fortes vínculos de amizade.

Gregório de Matos Guerra e Cláudio Manuel da Costa, na terceira estante, perseguem, agarram e espancam os esqueletos das academias brasílicas, as histórias da América portuguesa, de Rocha Pita e a militar, de José Mirales, obesas de pedantismo, sobretudo a última, formando uma selva de ignorância.

José de Alencar apeia-se do cavalo de O gaúcho *e ordena o sítio da obra de Teixeira e Souza, na quinta estante, à direita, levando à morte, por inanição,* O filho do pescador, *com seus fantasmas, esmagados pela destra de Ubirajara. A eles se juntam os gonçalvinos tupis, sob mandato de Y-Juca-Pirama, de olhos fixos na primeira edição de* Os Lusíadas, *assinada pelo próprio Camões, cinco prateleiras acima – volume a salvo do cabo das tormentas em que naufragam os livros deste século.*

Castilho comanda o assalto a Alencar pela retaguarda, com pesados obuses filológicos, instigado por Gonçalves de Magalhães, que se declara – preludiando a vista do futuro – comandante das letras nacionais.

Precedido pelo voo do condor, chega, apressado ao cais, o navio de Castro Alves, pronto para quebrar as investidas do rude classicismo de Magalhães, opondo-lhe a sinfonia das vozes de África.

E a cada dia, renova-se a querela intestina e perigosa.

Após o fim da monarquia, o visconde de Taunay contempla, emocionado e triste, a solidão da biblioteca imperial. Sem ter notícia da guerra dos livros de dom Pedro, conhecendo embora a dos homens, indaga, confuso e magoado: "Melhor não lhe teriam servido, ao moderno Marco Aurélio, em vez daqueles sessenta mil volumes, de que se rodeou, seis mil baionetas, comandadas por um general sincero e fiel?".

21

É OUTRA A MINHA BATALHA, DE BAIONETAS VERBAIS e fuzis silenciosos, apoiados nas entrelinhas, sem arrebiques retóricos, para alvejar o Revisor, a mim mesmo, a Adriano talvez, e principalmente Inácio, cuja vida está por um fio.

E, contudo, não tenho como ajudá-lo e nem posso.

Jamais busquei personagem com tamanha entrega e desespero, seguindo seus rastros sem descanso, tresnoitado, a compulsar arquivos do Rio e de Goiás, vasculhando a planície monótona do *Almanaque Laemmert*, o território mercurial do dicionário Sacramento Blake, sem deixar o arquivo-labirinto do Grão-Pará, em Petrópolis.

Após exaustivas diligências, o resultado é rarefeito, pouco acima de zero, altamente desanimador.

Como não odiar o personagem, e por motivos bem reais, diante da escassez de dados, soterrados pelo silêncio, que ele engendrou contra mim?

Vejo-me aborrecido com sua decisão de deixar a cena, pouco antes do fim do ato, longamente planejado e consumado, sem aviso prévio, fora do enredo, a produzir graves resultados ficcionais, trajando terno escuro, chapéu e casimira. Como se de mim suspeitasse, digamos, cem anos antes, e mais obstinado se mostrasse, e foragido, nas dobras do tempo, despistando sempre, apagando as provas, assaltando afrontosamente os bolsos do futuro. Como se recusasse o diálogo, evitando as intenções que me levaram a desenhá-lo, a desbastar o vazio que o engoliu, a arrancá-lo, como Jonas, do ventre de um peixe, trazendo-o de volta à superfície, ao mundo verbal, dos que hoje exultamos e padecemos.

Apenas duas ou três cartas, lidas mais de mil vezes. A caligrafia, áulica e pontiaguda, no tempo em que servia ao Imperador, cujas consoantes crescem, em forma de colunas, encimadas por capitéis, como se erguessem um palácio invisível, nas hastes dos *T*, dos *I* e dos *L*.

Letras que, na carta de despedida, perdem altura, inclinadas à direita, deselegantes, além do próprio nome reversivamente sublinhado, de cujo último *o*, de Raposo, corre um fio de sangue, em forma de serpente.

Descubro, no Arquivo Nacional, o inventário de Inácio Augusto, com a mesma quantidade zero de informações, como se alguém houvesse arrancado suas páginas para me confundir. Eu procurava alguma semiologia de objetos, uma lista de livros, gravatas, chapéus. Em vez disso, mil vezes nada. Apenas a informação de que Leonor de Lemos Jardim, sua mãe, era a herdeira.

Cravei Inácio de mil perguntas, agudas como flechas, como se fosse um são Sebastião, perguntas sobre a família, sobre dom Pedro, a vizinhança de autores no correr das prateleiras, a família dos títulos, as divisões, e todo um sistema que decifrasse a casa dos livros, antes da dispersão final.

E o que colhi desse anômalo jardim? Floradas de ausência, pérolas dos silenciosos da Pérsia, altaneiros, resolutos, na torre de marfim.

Que poderia eu esperar de um túmulo naufragado no abismo do Caju, desaparecido, afogado, insolvente?

Buscando seus despojos, imaginei uma burla de mau gosto, que interrompesse minha odisseia tumular. Aborrecido, como um personagem de Mozart, decidi convidá-lo para jantar aqui em casa. Era pouco antes do meio-dia, tempo de fantasmas simétricos. Convidei a estátua de um anjo, como se fora a de Inácio...

Sei muito bem, senhor Revisor, que se trata da soberba, que me atribui, mas também da soberba dos vivos sobre os mortos, sua e minha.

Considere também uma espécie de grito, de quem paga as contas da história em longas prestações e que, apesar disso, não consegue sair do vermelho.

22

PARA SAIR DO VERMELHO, QUE É O VALOR DA DÍVIDA que tenho com Inácio, aposto em Jurujuba, que não perde ocasião de acertar suas contas, sob o ângulo deplorável das moedas do Museu Nacional. Não tenho outra saída: as moedas de Adriano e os juros do Revisor.

Ei-lo de novo, pronto ao elogio de novas façanhas, o indefesso barão de Jurujuba.

Sou do tempo em que a igreja de Santa Luzia dispunha apenas de uma torre, esquerda e solitária; do tempo em que o gabinete português ficava à rua dos Beneditinos, o inglês, perto do Paço, e o meu coração, entre os dois, nas páginas de Dickens e Victor Hugo; do tempo em que a igreja de São Joaquim abrigava os altares santos da cidade e iguais sacerdotes que pregavam a humildade.

Sou de um tempo que começa a perder nitidez, que se encaminha vertiginoso à dissolução.

Sou obstinado. Não desisto. Moro no largo de Santa Rita, na casa onde nasci, com a janela da sala aberta para a década de 1830, quando sonhava com os morros de São Bento e Conceição. Era o começo do mundo. E, desde logo, também, o seu fim, quando se abeirava o desencanto, contado nas batidas de pêndulas e relógios rebeldes, que então me assombravam, como se evocassem, em notas escuras e retorcidas, a música distante das esferas.

Procuro um deus omisso, preguiçoso, que esboce as regras do quebra-cabeça cósmico, onde faltem quase todas as peças. Um deus incompleto, livre de rodas de trens e de pêndulas. Porque não tenho como manter em diálogo os relógios desta casa.

Hoje, sentado na cadeira de balanço, contemplo a janela profunda e pontual, a janela silenciosa e sem deus, que é a livraria na qual deliciosamente me aprisiono. Alfa e ômega, pelos séculos dos séculos, amém, de torres invisíveis e sinos inconfessos. Folheio a vida nas páginas que refletem os domínios da memória, pêndula e relógio.

Sou o bem e o mal desta biblioteca, o anjo e o demônio, a missa branca e a missa negra, o lado escuro e o transparente. Barão de minhas províncias, ignoro se chove ou faz sol, se é dia ou noite, se há império ou república, quando mergulho nas águas lunares da biblioteca.

Lunares?

Sim, porque gosto de visitá-la de noite, quando o silêncio desaba sobre o largo de Santa Rita e acolhe o sono dos mortais. Lunar, porque aprendi com Ariosto que as coisas que se perdem na Terra – chaves e papéis – vão diretamente para a lua. Boa parte dos livros que já não se veem no Império encontra-se aqui cheios de fulgor.

Eu poderia resumir a história de cada objeto, onde, como e quando, se de biblioteca pública ou privada, se houve ou não risco.

É o lado comovente da coleção, que bem demonstra a inteligência e a sensibilidade, de quem reuniu, em pouco mais de trinta anos, um conjunto formidável, povoado com obras do mosteiro de São Bento até a Quinta da Boa Vista. Cito os extremos da cidade nova e da cidade velha, como se fossem a cabeceira e a foz de um rio, ao longo do qual flutuam ilhas episódicas: as coleções de Ladário, Nabuco, Machado, Rio Branco, Ferreira Lagos e Diogo Cavalcanti. Todas prestam homenagem à biblioteca pública da Corte, na rua do Passeio, o mais profundo manancial.

A ética da conquista, sobre a qual se baseia meu império, obedece a dois princípios incontornáveis. Primeiro, salvar os livros ameaçados, a fim de evitar o drama da extinção. Segundo, tirar apenas os livros duplicados, como as torres de Santa Luzia, para não romper os laços de uma coleção, evitando com isso o vazio, o horror vacui, *de que sofrem as bibliotecas.*

Segui a vida inteira um sábio equilíbrio, espaçando as idas às mesmas bibliotecas, para não gerar desconfiança.

Tântalo de meu desejo, aguardo o momento certo. Cheguei a tirar alguns livros do lugar ou a escondê-los nas prateleiras mais altas, para depois resgatá-los, semanas ou meses depois.

Só uma vez perdi o Harmonias *de Kepler, livro tão bem escondido, que nunca mais o encontrei, senão em sonho.*

Para dar pequena ideia do que guardo a sete chaves, aponto uns poucos títulos de minhas províncias, cercadas de relógios, portas robustas, grades de ferro nas janelas. E duas pistolas just in case:

› *Biblioteca promissa et latens*

› *Mística cidade de Deoz*

› *Insiclupédia poética*

› *Frutas do Brasil*

› *O abismo dos monges glutões*

› *Sobre a excelência das tripas*

› *Geschichte von Brasilien*

› *Memórias de um anônimo sobre todas as artes e as ciências que não foram ainda inventadas, com um índice copioso de todos os autores que teriam escrito sobre elas, se as houvessem conhecido*

› *Manuscrito corrigido do poema da Assunção*

› *Catecismo chinês de Sixto* V *em língua hotentote, siríaca e francesa, redigido sob a forma de breves perguntas sem resposta para uso das crianças no ventre materno*

› *Medicina teológica*

› *Manuscritos dos sermões de frei Sampaio*

› *Cordeiro Dubitationes in foro*

› *Ars honeste petandi in societate*

› *Psalmi tradotti dal ebraico*

› *A ópera das janelas*

› *O manuscrito do licenciado Gaspar*

› *Aparição de santa Gertrudes a uma freira de Poissy em trabalho de parto*

› *Orpheus brasilicus*

› *Marília de Dirceu*

› *Flor das rosas do rosário*

› Estampas diversas de *Le grand théâtre de l'univers*, tomo 110

› *Manual de confessores*

› *Orbas de Cláudio Manuel da Costa* (em vez de "Obras", daí a raridade)

› *Os antibióticos da alma*

› *O beija-cu, manual de cirurgia*

› *Nova escola para aprender a ler, escrever e contar*

› *Balança intelectual*

› *Biblioteca do mundo visível*

Há ainda outras que não declaro para não atrair a súcia de ladrões que vigiam meus passos no largo de Santa Rita.

23

PROCUREI MUITAS VEZES NO PRÉDIO ANEXO da Biblioteca Nacional, no cais do porto, algumas preciosidades da livraria de Jurujuba, como *O manuscrito do licenciado Gaspar*, de Machado de Assis, e *O poema da Assunção*, com as notas de frei São Carlos, pouco antes de morrer.

Poderia comentar outros livros de Adriano Ferreira, mas não me sinto propenso a fazê-lo, dada a premência de coisas que precisam ser explicadas.

Parece inoportuno adjetivar, mediante aplauso ou censura, quem se inclina para o suicídio. A discussão perde força, quando não passa da fronteira pessoal. Para Clóvis Beviláqua, o suicídio abrange "por um lado, o crime, por outro, a loucura, e por outro, a mediania honesta, não tendo limites precisos e nítidos que a separem das que lhe ficam contíguas".

Prefiro essa abordagem mais livre, dentro de uma escala e quantidade que geram compreensão acima do factual.

Apesar de impactante, a despedida de Inácio integra um conjunto estatístico, realizado após o final do Império, que abrange o período de 1870 a 1890.

Os motivos de morte são diversificados, apesar de apontarem todos para um feixe de convergências, de que sobressai a paixão, a loucura, a embriaguez, o medo, a tristeza e a enfermidade.

A descrição dos meios ajuda a compreender os instrumentos de viagem, como veneno, asfixia, arma branca ou de fogo. O cenário é fator determinante, como a queda no Alto da Tijuca, ou das janelas de sobrados e hotéis, além das linhas de trem e de bonde.

Com esses dados, evitam-se investidas metafísicas, mediante uma visão comparada. Ganham, assim, os dramas pessoais um sentido coletivo e intercorrente, na diversidade da língua e dialetos das formas de morrer.

De 1870 a 1890, houve 633 suicídios, além de 925 tentativas, num total de 1558 casos.

O Rio lidera as estatísticas. Ou porque fosse mais usual na Corte, ou porque os dados se mostrassem mais seguros.

A cada cem mil habitantes, a porcentagem de casos no Império, em 1870, foi de 11,9; em 1872, chegou a 14,5; subiu consideravelmente em 1882, para depois baixar de forma excessiva, em função da coleta irregular de dados. Em 1888, a proporção era de 11,3 e, em 1890, de 1,9 suicídios por cem mil habitantes.

Para Beviláqua, a baixa de 1890 era fruto de ideais republicanos, que abriram um novo horizonte, rompendo o *tedium vitae*. Trata-se de crítica apressada, pois, na verdade, não houve nos relatórios de 1889 o levantamento do número de suicídios.

No ano da morte de Inácio, 1890, teria havido apenas dez suicídios: oito homens e duas mulheres, dos quais sete brasileiros e três estrangeiros, a que se somam outras 29 tentativas.

Os relatórios não descrevem meios e condições. Dispomos de números voláteis, quantidades que não preservam o cenário e a liturgia da arte de morrer.

Seja como for, nos últimos vinte anos, contados a partir de 1870, o veneno é o coadjuvante preferido, com 310 mortes, ao passo que em último lugar vem a morte por esmagamento no leito do trem ou de bonde, com apenas 21 casos.

Inácio escolheu o modo menos popular de morrer, dividindo a mesma sorte com raros confrades de infortúnio.

Dom Pedro de Saxe e Coburgo – neto de Pedro II e afeiçoado a Inácio Augusto – escreve da Europa: "Fiquei horrorizado com a morte do Raposo! Porque se suicidou? Imagino que foi por não ter de quê viver!".

24

NÃO SE ABORREÇA, GENTIL REVISOR, com a superficialidade do neto de dom Pedro. Ele não só havia perdido a última esperança de governar o Brasil, como também a própria razão, que o abandonaria de vez, como ao pai de Adriano, meio século antes.

Preocupo-me apenas com Inácio e com o que acabo de dizer, buscando, no plano dos números, eclipsar um sofrimento que se adensa.

Que mais poderia eu fazer, diante do abismo?

Se dispusesse da mais remota esperança de salvar Inácio de seu destino, eu não hesitaria em dar início a uma conversa direta e pessoal, que varasse a madrugada do dia 12 de maio, e que pudesse desfazer algum ressentimento ou prevenção, evitando que caísse na cilada que urdiu contra si.

Sobretudo agora que o vejo, pronto e decidido, às três da manhã, com discreta elegância, trajado de preto, fechando um maço de cartas, frias como a noite, e atiladas, como o remetente, fixando uma verdade radiosa, que não se pode encarar de frente, como o sol.

Minha esperança, ou talvez heliotropia, induz-me a pensar numa história reversa, na contramão das leis de causa e efeito, de antes e depois, o relógio dos séculos e o destino dos homens.

Sonho o adiamento da República. No lugar de Ouro Preto, vejo Saraiva como "primeiro ministro", flexível e pragmático, apto a renovar as forças do Império. Vejo dom Pedro, renunciando em favor de sua filha, a rainha Isabel, para o Terceiro Reinado, sem o funesto interlúdio da Ilha Fiscal. Vejo Floriano Peixoto enviado a alguma missão no exterior, mínima, modesta, inversamente proporcional ao tamanho de sua perfídia. Vejo Deodoro, cumprindo funções burocráticas no Paço, com o título de marquês, esmagado nos mimos de sua platitude. Vejo o Exército absorvido na Guarda Nacional e uma grande reforma federalista, ao mesmo tempo em que dom Pedro assume afinal uma cadeira no Senado. Vejo a Quinta da Boa Vista mudada, no período isabelino, em biblioteca e museu, abertos ao público, a cuja direção responde Inácio Augusto.

Mas se tudo está morto e sepultado, se as coisas de outrora não representam nada aos olhos cansados de nossos dias, como e por que pensar a reversão das coisas que se mostram irreversíveis?

Imagino esse percurso para adiar a morte de Inácio, pondo fim aos ladrões mais perigosos da Boa Vista. O Terceiro Reinado acabaria com a morte da rainha, na década de 1920, e Inácio teria vivido algo em torno de trinta anos.

Mais fundamental seria conversar com ele, demovê-lo da decisão, indo à porta do palácio, independente da forma de governo.

E me pergunto se a morte do passado não passa de mera ilusão, de um dogma vazio de um alucinógeno do tempo?

Há quem defenda que nada morre, nem mesmo as vibrações do passado, para o qual se pode teoricamente viajar, segundo os estudiosos das curvas de tempo fechado.

A tirania do futuro seria provocada, em última instância, pela força gravitacional do sistema planetário, que nos impede a volta ao passado.

Haverá dia em que já não seremos escravos do futuro?

Perdoe a digressão, que a muitos poderá soar excessiva. Já me arrependo de ter levado a força da gravidade a sentar-se no banco dos réus.

Havendo culpado nessa história – caberá julgá-lo dentro de uma jurisdição concreta. E se recorri à cosmologia é porque me insurjo contra as barreiras temporais que me afastam daqueles idos de maio.

Não tenho como burlar as leis de que disponho, na ficção e na gravidade, tal como fez Unamuno, com o romance *Niebla*, ao receber em casa o personagem Augusto Perez, quando este decidira acabar com a própria vida. Unamuno diz a Augusto que ele jamais poderá suicidar-se, pelo simples fato de nunca ter existido. Augusto Perez responde, entre atônito e indignado:

– Como, não existo?

– Não, você não existe senão como um ser ficcional; você não é, pobre Augusto, mais que um produto de minha fantasia e da fantasia de meus leitores, este é o seu segredo.

No caso de nosso outro Augusto, Inácio, eu não disponho de tribunal metafísico que permita sentenciar a morte do amigo de dom Pedro, sem prestar contas a outras instâncias, tal como quando Augusto Perez se viu impedido de extinguir sua própria vida, simplesmente porque Unamuno já havia decretado outro fim à sua criatura, para não interferir no plano geral da obra.

Quanto a mim, não tenho como exigir de Inácio a condição de criatura ideal, como o seu homônimo, ente de pura ficção, porque é misto seu estatuto nestas páginas, entre realidade e sonho, o corpo ausente no cemitério, mas havido, não sendo hoje mais que um fantasma, com uma taxa de ficção acrescida, na trama em que o aprisionei.

Não tenho como afrouxar-lhe as amarras temporais de quando era vivo. Nem mesmo se Inácio quebrasse a moldura do quadro que nos separa, insurgindo-se contra o cárcere de tempo, propondo-me uma partida de voltarete, no meu escritório, como fazia com o barão de Jurujuba. Mas qual seria o resultado, se não sei as regras do voltarete, se não imagino o que conversar e em que parte da língua portuguesa, que é diferente, como a distância entre história e ficção?

Inácio, meu bom amigo e vítima de meus devaneios, sinto-me de mãos atadas. Posso oferecer apenas uma parcela de tempo mínima, atrasando o relógio ficcional, como o pai de Adriano, dobrando as fibras do romance para torná-las pouco mais elásticas, alterando-lhe o ritmo da narrativa.

Não sem antes invectivar uma vez mais a força da gravidade.

25

FIZ UM DESVIO PERIGOSO, ENTRE CURVAS DE TEMPO FECHADAS e abertas, na companhia de Unamuno. Pobre Inácio Augusto, que tentou esconder-se do futuro. E a cuja decisão me oponho, seguindo-lhe a sombra, ao longo destas páginas, sem a força de impedir o desfecho para o qual se encaminha obstinado.

Achei nos papéis da Biblioteca Nacional outra página solta de seu diário, sem nome, sem data, cuja caligrafia reconheci de pronto, bem como o tom inconfundível.

> *Uma noite de maus sonhos e presságios. Línguas de fogo e lava devoram a Boa Vista. A luz fatal do incêndio alteia-se, impiedosa, enquanto a livraria do Imperador morre sob um ígneo apocalipse. Cada livro deita um clarão homicida e os frágeis manuscritos parecem Joana d'Arc, a debater-se, inerme, nas fauces do fogo. Corro. Grito. Nenhuma voz. Nenhum sinal. Noite em que as cortinas renovam o ímpeto das chamas, debaixo da chuva de lapíli que se precipita das altas prateleiras. Não há tempo de salvar a primeira edição de* Os Lusíadas, *que se retorce em convulsão cartácea. Uma densa nuvem de cinzas toma de assalto o Império. Naufrágio do universo: e um*

sem-número de globos exorbitados e mapas-múndi destruídos compõem um colosso de ruínas, a reclamar um anjo na terra hostil e abrasada. Assumo, em lágrimas, a culpa de um crime não cometido e imploro perdão de joelhos, enquanto dom Pedro passa, cabisbaixo e sufocado de silêncio, um deus caipora e triste, de olhar distante. O que seria o exílio comparado ao flagelo da biblioteca, no fim da monarquia dos livros?

Acordo órfão de deus e dos astros. Corro à biblioteca e vejo com alívio que tudo permanece como está. Camões seguiu, são e salvo com dom Pedro, no Parnaíba.

Algo que por breve tempo me anima e consola.

Mas, de imediato, o terror e o desespero voltam contundentes. Sei que não posso continuar assim. Um de nós precisa ceder espaço ao outro.

A biblioteca e seu guardião formam uma antítese ruinosa.

Leio no dia 22 de maio de 1890, um artigo sobre Inácio "honrado velho [sic!], muito estimado, de que conhecem as causas publicadas e naturalmente verdadeiras que levaram o antigo empregado de confiança de dom Pedro a atirar-se debaixo das rodas de um trem de ferro, suicidando-se como a Flora, a virgem selvagem da *Bête humaine* (...) Quem poderia supor, quem poderia prever que aquele bondoso e pacato burguês, tão pouco romanesco e na aparência tão arraigado à vida escolheria para arrancar-se dela violentamente aquele modo estupidamente trágico tão romanescamente terrível. Que animal curioso é o homem".

26

A CONCLUSÃO DO CAPÍTULO ANTERIOR APOIA-SE NUMA FRASE totalmente frívola, tirada de um cronista, cujo talento parece bastante duvidoso. Perde-se a chance de comentar o incêndio de *O ateneu*, de Raul Pompeia, que estava nas estantes da Quinta, e com o qual parece dialogar o sonho de Inácio.

Mas o incêndio prossegue na vigília, sem que outros, senão o imperial bibliotecário, o reconheçam a fundo.

Começava a ler algumas páginas sobre viagens definitivas, sobre a morte socrática, e outras modalidades voluntárias.

Despedir-se da vida, seguindo uma ciência de fins superiores, em sintonia com o espírito de liberdade, traduz um eloquente gesto filosófico, lúcido, penetrante.

Como tocar o abismo senão através dele, como defini-lo e reconhecê-lo, senão dentro de suas negras fauces? Sob o impacto da morte do "pobre Raposo da minha biblioteca", dom Pedro sublinha a notícia da "carta dirigida ao coronel Jardim, na qual dizia que motivos particulares o levavam à prática do suicídio". Poucos dias depois, anota mais uma vez: "Raposo, na carta dirigida ao tenente Jardim, diz que as chaves ninguém as encontrará mais".

Em tantas perdas, e no exílio, o imperador temia a dos livros e a das chaves, como se a morte de Inácio fosse a queda do último baluarte de sua biblioteca. Perdidas as chaves, qual seria o risco iminente dos livros, quando o seu *bom Raposo* já não poderia combater pragas e ladrões?

Era um perigo real, ameaçando o tesouro de várias gerações, o sentido da vida de dom Pedro, parte da qual consagrada ao acervo que cresceu ao longo de quarenta anos.

Dom Pedro lembrou-se de Sêneca, para quem o simples fato de viver não era valor suficiente, mas sim viver bem. Sêneca passou os limites abstratos da leitura da apologia de Sócrates, aplicando para si o próprio fim.

Para o filósofo, quem sabe morrer, desaprende a temer e servir. Qual o valor do cárcere, dos guardas e das correntes, se há sempre uma saída, uma fuga daquele mesmo cárcere feroz, que consiste na moderação do amor à vida?

Três semanas após a morte de Inácio, Camilo Castelo Branco, amigo do imperador, então completamente cego e melancólico, decide abreviar a estada na Terra. Dom Pedro lembra do que Camilo escreveu, em outra ocasião, que "invectivar de covarde o suicida é escarrar na face de um morto. A vida dos desgraçados irremediáveis seria um pérfido escárnio do Criador se o suicídio lhes fosse defeso".

Não tenho como entrar nos domínios teológicos, que me levariam demasiadamente longe da pequena geografia que me circunscreve, obrigando-me a passar pelas aduanas do *mistério da iniquidade*, viagem sem volta, razão ou consequência.

Carece dizer também que a escala de valor atribuída ao suicídio é uma desvalia, fruto de pressurosa leitura, distribuindo moções de crítica ou louvor, a quem morreu, como se houvesse cometido um ato de infâmia ou de ousadia. Nada disso importa, a não ser a dor, aguda e selvagem, do suicida.

O futuro esplende nos teus olhos. Mas é o presente que arde sobre a pele.

27

BATEM À PORTA DA CASA, ONDE ME DEFENDO, há mais de vinte anos, das tempestades do mundo. Não o esperava, assim como dom Giovanni não esperava a estátua do comendador. Confesso a ponta de mal-estar, a centelha de perplexidade. Passou ao escritório, sem que me desse tempo de arrumar a mesa, abarrotada com as obras de Pirandello e Unamuno.

Enquanto eu não dizia palavra, surpreso, a esquadrinhá-lo, o visitante fuzilava-me com olhos acesos de indignação. Fiz-lhe sinal para que se acomodasse, com os últimos raios de delicadeza que fui capaz de reunir àquelas horas da noite, raios frios, emoldurados num quadro escuro.

– Eis-me aqui, Marco Lucchesi – disse-me, afinal, com voz hostil –, a protestar contra a sem-cerimônia deste livro, a desfaçatez de viver dos outros, sem prejuízo de si mesmo, sanguessuga da história, curioso como as comadres de Windsor, pérfido e desleal como um Iago, cheio de ciúmes de um passado que jamais desnudou e possuiu.

– Perdão, Inácio, mas não vejo como possa ter ciúmes do passado e preencher as qualidades que me atribui. Pense bem, sou eu quem o trouxe de volta à vida, quem o tirou do limbo do tempo, quem o tornou contemporâneo, quem deu voz a seu fantasma, esse mesmo fantasma pelo qual os leitores de hoje sentirão um misto de entranhada piedade e admiração...

– E por que deveriam sentir piedade? Acha que devo prestar-lhe homenagem como ao deus do tempo, ao deus cruel dos mortos, que me ressuscita com o simples objetivo de pagar a prestação de sua pequena glória literária, atacando-me a honra para trazer-me de volta. Aonde e por quê? Se fui eu mesmo quem decidi sair de cena, guardar silêncio, abreviar a vida, que é tudo o que esse deus bufão me impede agora de fazer!

Um silêncio glacial abateu-se entre nós.

– Acalme-se, Inácio, por favor, não exagere no juízo que faz de mim. O que me levou até você foi esse pacto de orgulho e de silêncio, de quem sacrifica a própria vida a um ideal superior. Só posso escrever sobre o que admiro e sua vida constitui sobretudo um gesto de soberbo desamparo.

– Pouco importa o que pense de mim! Não prova nada e nem o perdoa do que quer que seja. Considero a ressurreição que me inflige um ato inescrupuloso. Dos que presumem conhecer-me, a mim e ao tempo em que vivia. Mas você não foi além dos fatos, vistos de longe, sem participação. Estudou-os durante um ano e hoje você conhece menos que um escravo do Paço. Por que não escreve livremente uma história tirada de si mesmo, sem me aprisionar como um gênio da lâmpada, perturbando o descanso que me dei, sem me fazer, um só instante, o mínimo de verdade ou justiça, de que, aliás, não careço, pois minha despedida foi um ato pleno, motivo pelo qual nada lhe devo. Sequer as tolices que inventou diante de meu obstinado silêncio, nos documentos que eu teria suprimido para despistar esse espírito de ódio e revanche, que o anima. Do que me atribui neste livro, só escrevi a carta do capítulo seguinte. O resto não passa de invenção.

Falou com olhos vazios, sem gestos, com a voz metálica e monótona.

Assim me defendi, aborrecido.

– Permita dizer-lhe, Inácio, claramente o que penso. Antes de tudo, não admito fronteira entre vida e imaginação. Aliás, a idade das coisas límpidas e claras já passou. Porque do ponto de vista literário ou mesmo teológico, do nada não vem coisa alguma. Ao elaborar poucos elementos de sua biografia – com o sacrifício de um escravo da clareza, não do Paço – sigo uma história que reinvento: entranhada nos fatos, subvertida nos meios e orientada para os fins. Não sei de revanche ou de ódio. Mas de uma razão soberana e sensível, em que...

– ...os fins justificam os meios, pensamento, aliás, bastante original! Você acaba de confessar o quanto distorceu uma biografia, para torná-la atraente, apetecível, nos limites de uma fábula, como as gravatas de Jurujuba, que jamais existiu, e os alfinetes de pedras preciosas, de Rodrigo Silva, o diário, que não escrevi, e a página da guerra dos livros. Autores como você, eu não deixaria entrar sequer na parte mais frágil da biblioteca de dom Pedro, por mais generosa e aberta que fosse.

Parecia perder força, exausto e abatido.

– Pois muito bem, Inácio, nesse ponto se alguém se revela, este alguém não sou eu, mas sua própria soberba. Você foi ajudante da biblioteca do imperador, de quem gozava, aliás, de toda a confiança, mas não era e nunca passou dessa escala. Compreendo e sinto profundamente o drama que o levou a abdicar de sua vida. Mas não posso deixar de ver sua ligação excessiva, com o acervo petrino, como se Sancho e Dom Quixote trocassem seus papéis. Cabia a você cuidar, vigiar e organizar a Biblioteca, e não impedir que um volume entrasse ou saísse da cova de Montesinos.

Acendo meu toscano, ao passo que tudo me parece absurdo: o diálogo, a noite e a narrativa.*

– Com ou sem moinhos, com ou sem argumentos sofísticos iguais aos seus, indago o que pensaria se um século depois alguém desfigurasse as linhas de sua biografia, obrigando-o a entrar em casas que nunca penetrou, a assumir atitudes que jamais havia de subscrever, ou a listar um conjunto de ações em que jamais esteve envolvido?

– Não me importo com o que possam fazer de meu fantasma. Será um empréstimo, sem juro e condição, nas malhas de um romance, assim como você, hoje, a respirar nestas páginas, na qualidade de fantasma a quem procuro dar vida, um mero personagem.

– Não sei de personagem que tenha nascido algum dia, como eu, na província de Goiás, vindo a morar no campo da Aclamação e bem depois na Quinta, e que tenha decidido como e quando morrer, na estação de São Cristóvão, produzindo, afinal, um atestado de óbito!

– Não voltarei ao ponto, Inácio. Fiz com você o que decidi fazer. Não me circunscrevo à sua biografia, tenho outras razões,

* Nota do Revisor: o diálogo soa artificial, todo centrado em Unamuno, sem obviamente o mesmo rigor. Se dependesse de mim, este capítulo artificioso não entraria no livro.

que não pertencem a ninguém, mas ao próprio gesto que o engendrou neste romance. Mesmo que você tivesse feito desaparecer outros papéis sobre sua história pessoal.

– Você me atribui a virtude de furtar os bolsos do futuro. Frase tão vigorosa quanto um drama de cabaré. O ladrão é o narrador, que tira moeda de bolsos alheios, como um chacal entre os túmulos, sem ir a fundo nos registros, roubando-me a vida porque precisava viver em mim, na segunda pessoa do singular.

– Ora, Inácio, posso responder que tudo é aparência, que a cada dia se esgarça o tecido frágil de nossa biografia.

– Mas não se iluda! Somos dois fantasmas, separados por uma fina película de carbono. Importa saber o modo pelo qual narramos nossa vida. E a que grau da infinita ausência corresponde a nossa dor...

E se apressou para o seio da noite, como quem aguarda o ponto final.

28

INÁCIO LEVOU CINQUENTA E UM DIAS PARA REDIGIR UMA CARTA de seis páginas (a única verdadeira deste livro), de 21 de março a 11 de maio de 1890. A letra esbelta e elegante, a princípio, acaba por perder altura e vigor, à medida que a vida e a carta chegavam ao fim. Adiava a conclusão, porque talvez nutrisse uma vaga esperança, que o pudesse desobrigar do abismo. E, contudo, a salvação ia longe e a queda não podia ter sido mais cruel.

Se alguns caíram por força e graça da metáfora, outros se precipitaram de modo literal.

Caiu Silva Jardim, dentro do Vesúvio, assim como Rebouças na Madeira. A República promoveu a arte da queda e não poupa sequer Raul Pompeia, em outras variantes da despedida.

O conselheiro José da Silva Costa resume a queda de Inácio, com uma ponta de retórica e justiça: "preferiu desamparar a vida a desamparar o depósito que lhe foi confiado".

Alguns pontos da carta exigem atenção redobrada e comovida.

Tomo a liberdade de expor a vossa excelência, por escrito, o que tinha de comunicar-lhe quando fui procurá-lo em seu escritório.

Quase todos a quem Inácio procurou antes de morrer, estavam fora de casa. Parecia um acordo tácito com o destino, para deitar-lhe um sentimento de abandono, suficiente para se decidir pela mudança de endereço, na madrugada de 12 de maio. Silva Costa escreve poucos dias depois: "Ele havia me procurado no domingo, dia 11, e não me achando em casa escreveu-me a carta" que agora leio, e que poderia ser intitulada *epístola da lealdade*, tendo como base o respeito e a gratidão à família imperial. Torna a escrever:

> *Como sabe vossa excelência fui e sou dedicado ao ex-imperador e particular amigo do príncipe dom Pedro de Saxe, desde calouro da Escola Politécnica. Foi feita em minha presença, à noite, e por mim entregue ao exmo dr. de Maia Monteiro a procuração e as disposições de dom Pedro na noite de 16 de novembro de 1889. Cumpri lealmente e com critério o último pedido e as recomendações do príncipe.*

Conversas que duravam horas com o príncipe, à volta de livros e aquarelas, moedas e mineralogia. Com a saída de ambos os pedros, neto e avô, Inácio tornou-se mais solitário. Firmava-se a República sobre um parricídio inacabado.

> *Antes, porém, de partir para São Cristóvão para trazer algum livro para bordo – recomendou-me a princesa as latas de cartas manuscritas que estão na biblioteca e alguns outros objetos e lembranças de viagem que estão no museu.*
>
> *Prometi cumprir com lealdade o que se me pedia.*

Procurou atender a todos, mesmo quando encerrados no Paço da cidade, na véspera de deixarem o país, vigiados pela nova ordem. Moveu-se entre os palácios. Tão discreta a sua presença, que não consta das memórias dos que assistiram às últimas horas o fim do Império.

Seguiram ao exílio, sem que os laços de lealdade se afrouxassem, por parte de Inácio, que continuou como um pastor de livros, cercado por todas as espécies de lobo.

Continuei, pois, com as chaves da biblioteca particular do ex-imperador e ainda que de má vontade pela responsabilidade que dali me resultara tive de abri-la por meses a muitos civis e militares, por ordem do superintendente.

Durante quase meio século, a biblioteca particular de dom Pedro se tornara um mito, uma jazida que crescia milhares de vezes mais que o espaço da Boa Vista, ao sabor da imaginação das ruas, como quem sofre de incurável elefantíase, atraindo bibliófilos e ladrões.*

O mito da biblioteca imperial seria aos poucos substituído pelo da de Rui Barbosa, diante do qual parecia não haver limites entre os livros e sua biografia. Embora a coleção de Rui já desse indícios de grandeza, era ainda nômade, sem pouso, até a chegada ao palacete da São Clemente, de 1893 a 1895, onde conseguiu robustecer uma imponente federação doméstica.

* Nota do Revisor: Não se cansa o autor de insistir nessa leviandade: igualar bibliófilos e ladrões. Faço parte do primeiro grupo, enquanto o narrador parece fazer parte dos que odeiam os livros.

Mas o fascínio exercido pela biblioteca petrina reina largamente, como se pode ver, direta ou indiretamente nos romances de Adolfo Caminha ou Lima Barreto.

Queriam todos visitá-la, acercar-se da luz, como as mariposas.

Assim, pois, contra a vontade de Inácio houve um afluxo de peregrinos ao palácio: alguns emocionados, como Taunay; ingênuos, outros, senão curiosos, que desejavam visitar aquelas salas; ou, ainda, a malta de ladrões, apontados neste livro.

Inácio recebe ordens do Governo Provisório, que contrariam o interesse do acervo, como se estivesse dividido entre duas forças, que o esmagam.

> *No dia 17 de dezembro ordenou-me o superintendente entregar as chaves ao almoxarife Eduardo Marcelino da Paixão, ao que relutei, pois que – morando eu no palácio não havia motivos para entregar as chaves a pessoa alguma...*

Poderia, se quisesse, recuar da palavra dada a dom Pedro, abandonando as funções delegadas. Nada o obrigava. Nada o impedia. Era uma férrea questão de princípios. Sem volta.

Inácio não confiava no superintendente da Boa Vista, aborrecido com o número de civis e militares, que entravam e saíam, diante de certos volumes que começavam a desaparecer.

> *No dia 9 de março disse-me o superintendente que tinha de fechar todo o palácio, pois que haviam já desaparecido com as visitas alguns objetos aliás arrolados.*
>
> *Prontifiquei-me a sair do palácio tendo antes garantido levar comigo as chaves a meu cargo.*

Inácio lembra um pouco o general Mallet, quando levou a família imperial até o cruzador *Paranaíba*. Era uma noite escura, de chuva fina e sem visibilidade. As pernas de dom Pedro vacilam na escada para o navio, correndo o risco de cair no mar. Se isso acontecesse, Mallet se jogaria dentro d'água para salvá-lo ou para morrer afogado. Não havia possibilidade de viver, sob a infame suspeita de que tivesse matado o imperador.

Outra havia de ser a morte na biblioteca. Afogado no pranto e na poeira, Inácio decide não dar as chaves senão a uma pessoa idônea, legalmente designada.

> *Quando fechava a biblioteca apresentou-se-me o major intendente intimando-me a entrega das chaves. Disse-lhe francamente que, pela última vez – como sempre eu responderia do mesmo modo – entregaria agora, ao procurador de dom Pedro ou ao generalíssimo chefe do Governo Provisório*
>
> *Ameaçado do emprego da violência, havia me precavido em tempo e ainda nesse terreno não levaria a melhor o superintendente.*

Embora mantivesse contato com os raros amigos de dom Pedro, Inácio vive no dia a dia do palácio uma solidão aterradora, ameaçado pela governança da Quinta, dos que lhe fazem uma permanente guerra de nervos.

> *Acabo de saber que proporá a minha demissão ao ministro do interior. Demissão de quê? De bibliotecário de dom Pedro? De encarregado da biblioteca futura do Estado? De auxiliar da comissão de manuscritos?*

Em todo caso, penso que a demissão qualquer que seja o motivo será boa solução à questão das chaves.

Ameaçado de demissão, com expedientes grosseiros e intimidativos, reage com a firmeza de quem cumpre destemidamente seu ofício. Mesmo assim, não daria as chaves senão sob quitação e outras medidas, sem que lhe difamassem a honra e a honestidade com que se dedicou ao acervo imperial. "Se o Exército brasileiro fosse composto de majores Campos", diz a certa altura da carta, "seria melhor chamá-lo Calábria". E conclui:

Não entregarei nunca, pessoalmente, as chaves de um homem honrado e que sempre me distinguiu.

em 11 de maio de 1890

Era melhor que as chaves se perdessem, mas não viriam dele, porque Inácio e as chaves conheceriam igual sacrifício, afundando nas águas do Dom Pedro river. Chaves do museu-biblioteca, que é o mesmo que dizer chaves do mundo, no *Harmonias* de Kepler, na defesa sem meias medidas do infinito.

Inácio vive a passagem de Ezequiel. Corre um manuscrito em sua direção, embalado em cânticos e queixumes. Abre a boca e engole o rolo. E o que era amargo, a princípio, tornou-se mel. E o corpo inteiro e a alma se fortificaram.

Terá decidido assim o ponto final de sua carta, com a assinatura dramática, sem mais adiar o que já não podia ser adiado. E caiu no precipício luminoso da República.

29

COMO CHEGAR À ÚLTIMA CARTA, AQUELA MAIS PROFUNDA, inescrita, que irrompe do espaço entre as palavras, perdida na biblioteca de Deus ou de seu arquirival? Como encontrar a carta-múndi, na elipse de Kepler, nas altas esferas, de que divergem as vozes tímidas e trêmulas da Terra? A carta que acabamos de ler havia sido fechada no domingo, à noite, 11 de maio, por volta das dez.

Inácio conversa, altas horas da noite, com seu primo, o tenente-coronel Jardim, no torreão sul do palácio, acerca da intendência da Quinta e o prazo de entrega das chaves, que expirava às dez da manhã.

Ouro Preto reclama da ratoeira para a qual fora levado pelos republicanos, não comparável à de Inácio, preso e amarrado a uma equação, segundo a qual sua honra estava diretamente ligada à guarda dos livros.

Com a entrega das chaves, Inácio teria de passar do exílio da biblioteca a outro menos simbólico e duradouro. Despede-se de Jardim, como quem se prepara a um sono profundo, após sofrer as leis inflexíveis da insônia. Será uma noite sem término. Os anjos do fim do mundo irão tapar seus ouvidos, apiedados, para que não desperte com as trombetas no Dia do Juízo.

Inácio deixa o quarto, sem alarde, pé ante pé. Tudo o que Sêneca definia como *rapina* ou *astúcia*, para que não houvesse impedimento na hora de partir.

Para os amigos, Inácio mostrava-se há meses desgostoso e, bem ao contrário de seu gênio, *alegre e folgazão*, trazia estampado no rosto um sentimento de dor. Estavam longe de adivinhar o desfecho impiedoso.

Com passos medidos, de *pacato* senhor, *pouco romanesco na aparência* e fervorosamente *arraigado à vida*, Inácio deixa o Paço para consumar o final de sua escassa biografia, entrando assim, com a última quota de vida, nos domínios da ficção.

Ao cruzar com a sentinela do palácio, pergunta pelas horas, como se procurasse despistá-la:

– Quatro e meia!

– Oh! É muito tarde!

Segue por dentro da Quinta até a estação de trem de São Cristóvão, última etapa da viagem, que durou exatos quarenta anos. *O inditoso* Inácio depõe na plataforma da estação a manta, o chapéu e a carta destinada ao tenente Jardim, este, que havia de acordar para um pesadelo de olhos abertos.

Quem poderia supor a despedida de Inácio, tão parecida com a de Flore, de Émile Zola, quem poderia imaginar essa fria decisão, subitamente perpetrada, com tamanha ferocidade?

Inácio fixa um ponto luminoso no seio da noite, como um inseto fascinado pela chama. O ponto de luz adquire contornos de estrela cintilante, horizontal, que se move em linha reta, cada vez mais rápida. Inácio permanece onde está, sem outros laços que a solidão onde naufraga. A estrela cresce de tamanho, quebra o silêncio num sopro de tempestade, como se fosse um olho amarelo, fremente, bufante, fornalha feroz, *goela de fogo*, luciferina, a *vomitar* fumaça e *chama*, com estrondo ensurdecedor, sobre os dormentes aterrados, e, assim, em menos de um segundo, Inácio atira-se debaixo das rodas do trem.

...

Da cancela da Quinta, a guarda teria ouvido um grito pavoroso.

Era o trem das quatro e quinze, a devolver-lhe a própria honra.

Os passageiros do subúrbio *que desceram hoje a esta capital* – diz a *Gazeta da Tarde* – *foram tomados de pavor na estação de São Cristóvão, diante da cena que presenciaram*. E o corpo de Inácio jaz no leito da Estrada de Ferro Central do Brasil. À pequena distância das partes dispersas do corpo, como num doloroso quebra-cabeça, apenas o chapéu continua intacto, como se ambos, corpo e chapéu, houvessem perdido a memória do outro.

...

Aborrecido com os detalhes da morte, o barão de Jurujuba chegou ao fim da história, após seu *ex-libris* na última página deste livro e saiu da casa para tomar chá com seus amigos na Colombo.

EX-LIBRIS

Barão de Jurujuba

O autor agradece ao Museu Imperial, de Petrópolis, à Fundação Biblioteca Nacional e à Academia Brasileira de Letras pela autorização do uso das imagens deste livro. Agradece também a Rita Solieri pelo desenho do *ex-libris* do barão de Jurujuba, e a Miguel Coelho, o *ex-libris* que abre o romance.

ESTE LIVRO, COMPOSTO NAS FONTES FAIRFIELD E ROSEWOOD, FOI IMPRESSO EM PAPEL PÓLEN BOLD 90 G/M NA GRÁFICA YANGRAF, SÃO PAULO, BRASIL, OUTUBRO DE 2013